義兄妹ですが結婚します

～一途な恋情を抑えきれない凄腕救急医は、求愛の手を緩めない～

m a r m a l a d e b u n k o

結城ひなた

マーマレード文庫

目次

義兄妹ですが結婚します
～一途な恋情を抑えきれない凄腕救急医は、求愛の手を緩めない～

義兄妹ですが結婚します

～一途な恋情を抑えきれない凄腕救急医は、求愛の手を緩めない～

閉ざされた扉

誰か、助けて……。

た、す……けて……。

必死に、もがき続けた。

こんなことになるなら、みんなの言うことをちゃんと聞いておけばよかった。多大なる後悔が胸を襲う。

遠のく意識の中、走馬灯《そうまとう》のように優しい記憶が流れ出し、終わりが確実に近づいていると悟った。そして、胸の中で「ありがとう」と「ごめんなさい」をつぶやいた次の瞬間、私は意識を失った。

それからどのくらい時間が流れただろうか。

……けて。

……おねが、い……目を……開けて。

い、や……。

誰かが泣き叫ぶ声が耳に届いた。反射的に目を開ける。すると、隣に横たわる大きな体が視界に飛び込んできて、ゆっくりと手を伸ばした。

その人の頬に触れたら氷のように冷たくて、突如、溢れ出した絶望の涙が砂浜を濡らしていく。

「……小春《こはる》、大丈夫だから。なにも心配しなくていい。こっちを見て」

頭に置かれたその手は温かい。行き場を失ったすべての感情を、そっと包み込んでくれているかのような感覚を抱いた。

……そっか。

なにも心配しなくていいんだ。

たぶん、これは夢。

悪い夢を見ているんだ、きっと。

早く、目を覚まさなきゃ。

その光景から逃げるように、私は再び固く瞳を閉じた。

予期せぬ再会

「小春、お誕生日おめでとう」

「やっと三人揃ってお酒が飲めるね。これ、楓花《ふうか》と私からのプレゼントだよ。受け取ってくれる？」

向かいの席に座る楓花と茉奈《まな》が、穏やかな笑みを浮かべながらこちらを見てくる。

「ふたりともありがとう。開けてもいい？」

「もちろん。気に入ってくれるといいけど」

私たち三人は、幼稚園からの幼なじみ。そこから小中高と同じ学校に通い、実に十六年の付き合いになる。高校卒業後は、それぞれの進路に向けて別々の大学に進学したが、三人とも地元・宮城《みやぎ》の大学に進んだため、都合が合えばこうやって頻繁に会える状況なのが、すごくありがたい。

性格も好きなものもみんな違うけれど、今まで一度も喧嘩をしたことがなく、とても仲がいい。ふたりは私の心の支えであり、言わば親友だ。

今日は私の二十歳の誕生日。三月生まれなので、三人の中で一番誕生日が遅い。私たちの中で、小学生の頃から互いの誕生日をこんな風に祝い合うのが続いている。

楓花は、私たち三人の中で一番しっかりしているお姉さん的存在。ショートカットの黒髪に、涼しげな奥二重の目が印象的だ。身長が百七十センチ近くあり、スタイルがいい。性格もサバサバしていて面倒見がいいので、女子に惚れられることもしばしばある。

茉奈は、楓花とは対照的で小柄な子だ。明るめのブラウンのロング髪を緩く巻いていて、かわいらしい。天真爛漫《てんしんらんまん》で人懐っこく、クリッとした大きな瞳に見つめられたら、なんでも許してしまいそうになる。母性本能をくすぐるタイプだ。

ふたりと過ごす時間は、いつも楽しい。今日も胸を躍らせながら待ち合わせ場所に向かうと、先に着いていた楓花と茉奈が、「お誕生日おめでとう」と温かく迎えてくれた。

その後、駅前のデパートで春服を見て回り、楓花が予約をいれてくれていた、私たち行きつけのカフェの個室に移動し今に至る。

白とナチュラル色を基調とした北欧テイストの店内には、八人ほど座れるカウンター席の他、テーブル席が四つ。店の奥に個室もふたつほどある。

温かなダウンライトの光が優しい雰囲気を醸し出しており、落ち着いた曲調のラウンジミュージックが流れていて、居心地がいい。またアーチ型の格子窓《こうし》やベージュ色のギンガムチェックのテーブルクロス、そして、至るところにあるニッチには、かわいらしい北欧雑貨が飾られていて乙女心がくすぐられる。

「うわぁ。ストールもブレスレットもかわいい」

ふたりからの誕生日プレゼントは、パステルピンクの春らしい大判ストールと、華《きゃ》奢《しゃ》なデザインのピンクゴールドのブレスレットだった。まさに私好みのアイテム。自然と頬が綻《ほころ》ぶ。

「色白の小春には、この色がぴったりだと思って」

「ありがとう。大切に使わせてもらうね」

「ふふふ。どういたしまして」

楓花がやわらかく口元を緩める一方で、茉奈がどや顔を浮かべながら、お摘まみプレートのカルパッチョをフォークで口に運ぶ。お酒が入っているせいか、彼女の顔はすでにほんのりと桜色に染まっている。

「ちょっと、茉奈。序盤から飛ばしすぎじゃない？」

私が声をかける前に楓花がそう言って、茉奈の顔を覗き込んだ。

「今日は小春のバースデーなんだから、盛大に祝わないと。それにしても、記念すべき二十歳！　めでたいねぇ～。はい、もう一回乾杯しよっ」

茉奈がワイングラスをこちらに向けてきたので、反射的にグラスを合わせた。

「で、二十歳になって、なにか変わった？」

満足げに笑う茉奈から、そんな質問が飛んできた。

正直、変わった実感はあまりない。

「お酒が飲めるようになったことくらいかな？」

「二十歳の誕生日って、もっと劇的になにかが変わるのかなって思ってたけど、実際のところ、あまり変わらないよね」

たった今、運ばれてきた熱々のペスカトーレのパスタを皿に取り分けながら、楓花がそうつぶやく。

「ほんと、それ。全然、実感がない」

みんな思うところは、同じらしい。年齢的にひとつの区切りを迎えたけれど、結局、変わる、変わらないの実感は、自分の行動次第というところだろうか。

「そういえば、楓花、彼氏とはうまくやってるの？」

茉奈のそんな言葉に、私の意識もそちらへと動く。

「まぁね。うまくやってる」

うれしそうに微笑む楓花を見ていたら、こちらまで口元が緩む。

彼女は今、同じ大学に通う年上の先輩と付き合っている。サークルで知り合って仲良くなり、向こうから告白されたらしい。楓花から彼氏ができたと報告を受けたとき、茉奈と私はすごく驚いた。茉奈は最初、冗談だと思って信じなかったくらいだ。

楓花は美人で面倒見がいいから、昔からモテていた。だけど、中学のときに初めて付き合った男の子がすごく束縛が激しくて、大変な思いをした過去がある。それ以来、誰かと付き合うのが億劫《おっくう》になったみたいで、ずっと彼氏を作らないでいた。

そんな彼女が過去を乗り越え、今とっても幸せそうで私もすごくうれしい。

「で、どこまでしたの？　キスはした？　もしかして、もうその先も？」

「ま、茉奈ってば、声が大きい！」

「個室だから聞こえないって。それにしても、楓花がこんなに動揺しているところを見られるのは貴重だね。それでどうなの？」

茉奈がニヤリと笑いながら、隣に座る楓花を見つめる。

茉奈はお酒が入ると、いつも質問魔に変身する。今日もそれは健在らしい。

「キスはしたけど、その先はまだ」

「そっか。そっか」

「私のことはいいから、茉奈の方こそどうなのよ？　あれから進展はあったの？」

「私？」

そういえば、茉奈、バイト先に気になる人がいるって、この前、ご飯を食べているときに言ってたな。

やはり女子が集まると、いつの間にか話題は恋バナへと移り変わるみたいだ。

「今度、一緒にご飯に行く約束をしたよ」

「さすが茉奈だね。付き合うのも時間の問題じゃない？」

こうやってうまく話題をすり替える楓花はすごい。私なら、茉奈の質問攻めを回避できそうにないもの。

ふたりの会話に耳を傾けながら、カシスオレンジが入ったカクテルグラスに手を伸ばした。

「で、小春は最近、どうなの？」

「ゴホゴホ……わ、たしは特になにも」

予期せぬ茉奈からの質問に、思わずむせ返ってしまった。

「大輝《たいき》さんとは、相変わらず連絡を取ってないの？」

「……うん。取ってない」

「二十歳になったから、一緒に飲みに行きたいな〜なんて連絡をいれてみたら？」

「まぁ、そのうちできたらしてみるよ」

グラスをテーブルに戻しながら、いつものように曖昧な返答をしてしまった。

大学で心理学を専攻し、将来カウンセラーを目指す身だけれども、彼の話になると感情のコントロールが難しい。

体が熱いのは、きっとアルコールのせいじゃない気がする。

〝大輝さん〟とは、私の義兄《ぎけい》にあたる人物だ。私より十歳上の彼は、今東京《とうきょう》の病院で医師として働いている。私が中学に上がるタイミングで母が再婚し、私と彼は義兄妹になった。

義父は今、病院を経営していて、母もそこで看護師として働いている。

私には、実父の記憶がほとんどない。私が幼いときに実父は交通事故に遭い、この世を去ったのだと、母から聞かされている。

今は亡き私の実父と義父は、もともと同じ病院の勤務医で仲がよく、家も近所だったので、私が生まれる前から付き合いがあったようだ。物心ついた頃には、大輝おにいちゃんがそばにいて、よく私の面倒をみてくれていた。

だから、母から再婚話を聞かされ、彼が義兄になると知ったとき、戸惑いよりもうれしさの方が大きかった覚えがある。

……少なくとも、あの瞬間までは、私にとって彼は自慢のおにいちゃんだった。

胸の疼きを感じながら、一瞬、視線を下に落とす。

「大輝さん、東京に行って何年経ったんだっけ？」

楓花の質問に、ハッと我に返った。

「もうじき四年かな」

「その間、一度も家に帰ってこないなんて。あの過保護ぶりからは、考えられないよね。よっぽど仕事が忙しいのかなぁ」

楓花が言うように、大輝おにいちゃんは向こうに行ってから、一度も実家に顔を出してはいない。たまに友人の結婚式があったりでこっちに帰ってきたりしても、ホテルや友人宅に泊まる感じだ。

彼が実家に顔を出さない理由。

それはきっと、私に起因しているのではないかと思っている。

……義兄への恋心。

その感情に気づいてしまって以来、どう彼に接すればいいか分からなくなった。そこから関係が壊れていったのだと思う。

高校生だったあの頃、大輝おにいちゃんは、私に対して非常に過保護で、うまく距離を取ることができなかった。そして、高校一年の冬休みのある日、男友達のことで問い詰められて、思わず『あれこれと干渉してこないで！　こういうのすごく迷惑だから』と、強く言い返してしまったのだ。

我に返ったときにはもう遅くて、そのときの彼の悲しげな顔を思い出すだけで、いまだに胸が苦しくなる。その日以来、大輝おにいちゃんはとやかく言わなくなり、私を空気みたいに扱うようになった気がする。

そして、それから数か月後、ちょうど私が高校二年生に進級した頃、彼は私になにも伝えず、東京に旅立っていった。

こじれてしまった関係を修復する方法は分からない。それに、心の中でいまだにくすぶり続けているこの感情を、義兄に伝える勇気もない。

「気持ちを伝えてしまえばいいのに。法律上、なにも問題ないんだしさ」

楓花の言葉に、隣にいる茉奈も相槌を打つ。

気心の知れるふたりには、高校時代、義兄への恋心を打ち明けていた。それに対して彼女たちは、怪訝《けげん》な顔をせず受け止めてくれた。

法律上、義兄妹の婚姻《こんいん》は認められている。つまり恋愛をしても、なんの支障もないのだ。

でも、どうしても世間体《せけんてい》を気にしてしまう。病院を経営する義父、そして、その息子である大輝おにいちゃんにも、迷惑がかかるのではないか。それに、自分の思いを打ち明けたら、家族の関係が崩れてしまうかも。そう思うと、気持ちを伝えられずにいる。

というか、彼にとって私は、ただの義妹にすぎない。だから、この思いを受け入れてはくれないと思う。

臆病な私はきっと、淡い恋心を隠し続け、このまま妹ポジションを貫くに違いない。

「早く気持ちを伝えないと、大輝さん誰かのものになっちゃうかも。三十歳くらいから、男の人も結婚を考えるようになるって言うじゃない？」

「うんうん。それに大輝さん、アイドル並みにカッコいいもん。しかも、ドクターだし。うかうかしてると、他の人に取られちゃうかもよ」

それを聞き、内心穏やかではいられない。

「……それは、嫌かも」

ふたりが煽るから、妹ポジションを貫こうとしたその決心が揺らいでしまう。ぐらぐらと不安定な私の心は、本音と世間体の狭間を行ったり来たりする。

ふたりの視線に耐えきれなくなり、思わずまたカシスオレンジのグラスに手を伸ばした。

確かに大輝おにいちゃんはモテる。

今頃、向こうで私が知らない女性と、あんなこととか、こんなこととかやっていたりするのかな？

突如、頭の中で繰り広げられる過激な妄想。そうなれば、私の中の焦燥感は募っていくばかりだ。

もしも今、彼が誰かと付き合っていて、その人と結婚することになったら……。

それを受け入れられるのだろうか。

いや、きっと無理。心から祝福できる自信がない。

悶々《もんもん》と考え込んでいたら、テーブルの上に置いてあったスマホのバイブ音が耳に届いた。

ディスプレイに表示されたのは、母の名前。

今、何時？

慌てて時刻を確認し、ハッとする。すぐにふたりに断りをいれ、その電話に出た。

「連絡を忘れてごめんなさい」

『楓花ちゃんたちと盛り上がってたの？』

電話越しの母の声は、穏やかで優しい。怒っているというわけではないようだ。そもそも、母に電話をかけさせたのは、心配症の義父だろうと推測する。

「そうそう。話に夢中で、時間を見てなかった」

『だと思った。あまり羽目《はめ》を外しすぎないようにね』

「うん。今日は遅くなりそうだから、先に寝てて」

『分かったわ』

「じゃあね」

電話を切ってすぐ、目の前のふたりが悪戯《いたずら》っぽく笑うのが目に入った。

「小春の家って、大輝さんだけじゃなくご両親も過保護だよね」

「それだけ小春を大切に思っている証拠でしょ？　お嫁に行くときとか大変そうだね」

ふたりの言葉に思わず苦笑いする。

この年にもなって、我が家には門限というものがある。帰宅が二十二時を過ぎるときは、必ず母に連絡をしなければいけないのだ。だけど今日は、お酒が入りテンションも上がっていたせいか、すっかり忘れてしまっていた。それで母から確認の電話がきたというわけだ。

過保護すぎると感じるときもあるが、私のことを大切に思い、やりたいことをなんでもやらせてくれる両親には、感謝してもしきれない。それとともに、こんな私をいつも支えてくれる楓花と茉奈の存在も、非常にありがたく思う。

「断りもいれたから、今日は朝まで飲もう」

「もちろん。今日は小春のお祝いだから、どこまでも付き合うよ」

「私も~。飲もう、飲もう」

再び三人でグラスを合わせ、恋バナの続きを始めた。


それからどのくらい時間が流れただろうか。

「茉奈、顔色が真っ青だよ？」

「お酒を飲み過ぎて、気持ち悪いとか？」

「ううん。なんかさっきから左のわき腹が痛くて……」

茉奈が顔を歪めながら、左わき腹に手を置く。

「茉奈、すごい汗……」

「ひとまず、少し横になる？」

茉奈が横になれるように、楓花が席を立った。

「……ううん。ちょっとトイレに行ってくる」

茉奈に付き添うつもりで、反射的に腰を上げた。だけど、彼女が『ひとりで行けるから大丈夫』と言うので、楓花と部屋で待つことにした。

「茉奈、大丈夫かな？」

思わずそんな言葉が漏れた。

彼女が部屋を出てから、もうじき三十分が経とうとしている。

「すごく辛そうだったよね」

「私、ちょっと見てくる」

部屋を出て、足早にお手洗いの方に向かい出した。

と、お手洗いの横にある休憩スペースのソファーに蹲《うずくま》る茉奈の姿を見つけ、慌てて駆け寄った。

「茉奈、大丈夫？」

とっさにしゃがみ込み、茉奈の背中を摩《さす》る。

額に脂汗を浮かべていて、先ほどよりも辛そうだ。

「うぅ……っ……大丈夫」

茉奈はそう答えたけれど、全然、平気そうに見えない。

これはヤバいと思い、ひとまず楓花に知らせようと立ち上がったそのときだった。

「もしかして、小春？」

名前を呼ばれ、反射的にそちらを向いた。

すぐに鼻筋が通った美しい顔が、目に飛び込んできた。

「田村《たむら》くん……」

そこには、中学時代のクラスメートであった田村鷹哉《たかや》という長身の男性の姿があった。綺麗なアーモンドアイが、私と蹲る茉奈の間で行ったり来たりしている。

「やっぱり小春か。友達、苦しそうだけど大丈夫か？」

田村くんがすぐに異変に気づき、しゃがみ込んで茉奈の顔を覗き込む。

そういえば、彼は中学時代も世話好きで、周りをよく見ている人だった。バスケ部でキャプテンをしていたし、クラスでも学級委員をしていたことを思い出した。

「茉奈？」

顔を見てそう気づいた田村くんが一瞬、こちらに視線を飛ばす。

「うん。茉奈、さっきからお腹を痛がってて」

「そうだったのか。茉奈、歩けそうか？」

田村くんが問いかけても、茉奈は返事をしない。

痛すぎて、それどころじゃないのかも。

お腹を抱え、ずっとうめき声を上げている。

「ひとまず救急車を呼んだ方がいいかも」

「分かった！」

すぐに楓花のもとに戻り、スマホで救急車を呼んだ。

数分後、お店に救急車が到着した。茉奈が運ばれていくのを見届けてから、三人でタクシーに乗り込んであとを追った。

そして、病院の緊急外来口から院内に入ると、ストレッチャーに乗せられた茉奈が処置室の方へと運ばれていくのが見えた。

まさかこんな形でここにくるなんて。

ここは、義父が経営する病院だ。病床数は三百を超え、内科、小児科、耳鼻科、産婦人科、心臓外科、救急科など多岐にわたる診療科がある。

ひとまず待合室のソファーに腰をかけながら、三人で待つことにした。

夜の病院は、シーンと静まり返っている。茉奈の病状が分からないから、なんだか重苦しい雰囲気だ。誰も言葉を発しようとはしない。

ただただ楓花の手を握り、気持ちを落ち着かせようと必死だ。

少しして、処置室のドアが開き、青いスクラブ姿の病院スタッフが出てきた。こちらに向かってくる気配がして、慌てて立ち上がる。

すぐにその人物と目が合った。

これは夢なのだろうか。

一瞬、そう疑ってしまったのは、そこにいるはずのない人物がいたからだ。

戸惑っていると、優しいまなざしが向けられ、心臓が跳ね上がった。

「……ど、どうして、おにいちゃんがここにいるの？」

声が震えてしまったのは、激しく動揺しているせい。視点も定まらず、瞳を泳がせてしまっている。

「つい最近、東京から戻ってきたんだ」

涼しげな奥二重の瞳が、私を捉え続ける。

東京から戻ってきた？

思いもしない事実に、大きく目を見開いた。

約四年ぶりにあった彼は、あの頃と変わらず美しい。落ち着いたブラウンの短髪からは、爽やかさが漂っている。シャープな顎ラインに、口角が上がった形のいい薄型の唇、スラッとしたモデル並みのスタイルも健在だ。とにかくどの角度から見ても、イケメン要素しかない。

きっと、今をときめくアイドルの中にいても、引けを取らないだろう。

それが私の義兄である、大輝おにいちゃんなのだ。

「ひとまず俺の話は置いといて。小春、茉奈ちゃんのご両親と連絡を取れる？　彼女の病状やこれからの治療について、説明しなくちゃいけないから」

「取れるけど、茉奈は大丈夫そう？」

「俺がついてるから、茉奈ちゃんは大丈夫。小春は彼女のご両親に連絡をお願い」

大きな掌が私の手を包み込む。彼がこうしてくれるだけで、私の中の不安が影を潜めていく。

おにいちゃんは魔法使いみたいだ。ふとそんな風に思ってしまう。

「うん、分かった」

すぐに茉奈のご両親に電話をいれながら、足早に処置室に戻っていく、その背中を見つめていた。

茉奈のご両親が病院に駆けつけてから、緊急オペが行われた。茉奈は虫垂炎だったらしい。オペはおにいちゃんが執刀し、無事に成功した。

茉奈のご両親に挨拶をしてから、タクシーで家に帰ることにしたのだけれども、楓花と田村くんの姿はすでにない。

「あれ？　ふたりは？」

勤務を終えたおにいちゃんが、私服に着替えやってきた。

「それが……楓花が親を呼んだみたいで、田村くんを連れて先に帰っちゃった」

「そうか」

予定では、おにいちゃんが私たちを送ってくれることになっていたが、きっと楓花なりに気を遣って、おにいちゃんとふたりきりにしてくれたのだろう。

ちゃんと平静を装えているだろうか。

「じゃあ、行こうか」

「うん」

おにいちゃんに促され、職員用の駐車場へと向かう。そこには見慣れた白のハッチバック車があった。

そういえば、高校一年生のとき、よくこの車でおにいちゃんが塾に迎えにきてくれていたっけ。

助手席に乗り込み、シートベルトを締めながらそんな思い出が頭を過る。鼻を掠めるほのかなムスクの香りも、あの頃と変わらない。

静かに車が走り出し、チラッと運転席の方を見る。

「……茉奈を助けてくれてありがとう」

車内には、しっとりとした洋楽のＢＧＭが流れてはいるが、無言が続くのも気まずいので、とっさにそんなことを口にしてみたのだ。

「医者として当然のことをしたまでだよ。それにしても、まさか病院で再会するとはね。驚いたよ」

おにいちゃんが、ミラー越しにふわりと笑う。

「私もびっくりしたよ」

胸のもやもやが増していくのは、彼が帰ってくることを聞かされていなかったから。

お義父《とう》さんとお母さんは、知っていたのだろうか。

どうして誰も教えてくれなかったの？　と、不満の目を隣に向ける。

「小春を驚かせたくて、帰ってきたことを伝えなかったの。今は病院の近くに部屋を借りて住んでて、次の休みに実家に顔を出す予定だったんだ。そのときにサプライズで、小春の前に現れるつもりでいたんだけどね」

私の思いを汲み取ったのか、おにいちゃんがそんなことを言う。

「……そうなんだ」

それ以上、言葉が続かない。

実家には住まないと知り、いまだにおにいちゃんに避けられている気がして、急に切なくなってしまったのだ。

行き場を失った瞳を助手席の窓に移し、ぼんやりと外の景色を眺めていた。

「小春？　話、聞いてる？」

「え？　あ、ごめん。聞いてなかった」

「考え事でもしてた？」

「あー、まぁ、うん。で、なんの話をしてたの？」

「すごく大事な話」

「大事な話？」

首を傾げながら綺麗な横顔を見つめる。ちょうど信号が赤になり、車が停車すると同時に、おにいちゃんがこちらを向いた。

「日付が変わってしまったけど、二十歳の誕生日おめでとうって話」

「……覚えててくれたの？」

目を瞬かせながら、彼の顔を見つめる。

「小春の誕生日を忘れるわけがないだろ」

ああ、この笑顔。

本当にズルいよ、おにいちゃん。

私の心は、ジェットコースターの緩急並みに騒々しい。

まるで四年の空白なんてなかったみたいに、スッと入りこんでくるなんて。

おにいちゃんは、本当に罪深い人。

＊　＊　＊

茉奈ちゃんの体調は順調に回復している。直に退院できるだろう。

小春は楓花ちゃんとともに、頻繁に見舞いに来ているので、病室で顔を合わせることもある。

今日も小春は来るだろうか。

腕時計をチラリと見ながら病棟を歩いていた。すると、茉奈ちゃんの病室の前に人影が見え、思わず足を止めた。

ひとりは小春で、もうひとりは爽やかな面持ちの長身の男性だ。

その顔には見覚えがあった。茉奈ちゃんが病院に運ばれてきたあの日、小春たちと一緒にいた男の子だ。

「茉奈、すっかり元気になったみたいでよかったよ」

「ねっ。あのとき、田村くんがあの場にいてくれて本当に助かったよ。ありがとう。田村くん、相変わらず頼もしいなって思った。さすが学級委員長」

「いやいや。俺はなにも」

そんなやり取りが聞こえてきた。

会話の内容から推測するに、同級生といったところだろうか。小春は彼に心を許しているのか、楽しげに笑っている。

東京に行っている間に、小春に彼氏ができることもあるだろうと思っていた。親しい男友達がいたって、不思議じゃない。

分かっていたはずなのに。

実際そんな現場に出くわしてみたら、内心穏やかじゃいられないらしい。

ずっと小春を放っておいた俺に、こんな感情を抱く資格なんてあるはずがないのにな。

現実から逃げるように、そっと背を向けて歩き出す。口元からは自然と溜め息が漏れ、儚《はかな》げに宙に消えていった。

＊＊＊

金曜日の夕方。

帰宅したら、玄関に見慣れない男物の靴があった。

昨夜、おにいちゃんから、『明日、そっちに顔を出すね』という連絡がきていたので、おそらく彼の靴だろう。

あれから茉奈の見舞いに行ったときに、病院で何度かおにいちゃんと顔を合わせたけれど、やっぱりいまだに慣れない。ぎこちなくなってしまう。

リビングの様子を窺《うかが》いながら、足を進めていく。

ドアを開けると、そこに義父とおにいちゃんがいた。ダイニングテーブルの上に豪華な料理を並べているところだった。

「おかえり、小春」

「小春ちゃん、おかえり」

「……ただいま」

挨拶を返し、ダイニングに歩みを進めていった。

それにしても、今日もおにいちゃんは美しい。春の訪れを感じさせる白のVネックシャツの上に水色の七分丈のシャツを羽織り、黒のスキニーパンツを合わせた様からは、爽やかさが漂っている。

「私も手伝う。お皿とか出せばいい？」

「じゃあ、よろしく」

コップや皿をテーブルに並べていたら、「小春ちゃん」と義父から名前を呼ばれ、意識がそちらに持っていかれた。

「小春ちゃんは本日の主役だから、そこの席に座っててね」

「主役？」

首を傾げながら義父を見つめる。

「少し遅くなってしまったけれど、今から小春ちゃんの二十歳の誕生日祝いをするんだ。あ、ついでに大輝のおかえり祝いも」

「ついでって、なんだよ」

おにいちゃんが、わざと睨む素振りを見せる。

「すまない。つい本音が出てしまったようだ」

そう言いながらも、義父はどこかうれしそうだ。

「ひどい父親だな、まったく」

「ひどいのはどっちだ。東京に行ってから、ろくに連絡もよこさないで。どれだけ寂しかったか」

「はいはい。すみませんでした」

こんなやり取りがすごく懐かしい。

いつの間にか頬が緩んでいた。

「父さん、茶番はこれくらいにして、料理が冷めないうちに並べてしまおう」

「久しぶりなんだから、もう少し付き合ってくれてもよくないか？」

冷蔵庫の方に向かい出したおにいちゃんのあとをついていく義父は、わざとらしく口元を歪め、おにいちゃんの背中に言葉を投げかける。

「なら準備が終わったら、付き合ってあげてもいいよ」

「分かった。急いで終わらせようじゃないか」

義父はお茶目なところがあるから、こんな風におにいちゃんに絡むことは、星宮家《ほしみや》ではよくある光景だった。

「みんなが揃うと、我が家は賑やかね」

パントリーにいた母がダイニングに戻ってきて、やわらかなまなざしをふたりに向ける。きっと母も、久しぶりに家族みんなが揃ってうれしいのだろう。

「やっぱり四人揃ったら、楽しいものだな」

「そうですね」

ご飯を食べ始め少し経った頃、両親がそんなことを言いながら微笑み合うのが見えた。

「久しぶりに旅行に行くのは、どうだろう？」

「そうね。温泉とかいいわね」

しまいには、旅行の話までしだしてるし。

急展開すぎて、ちょっと胸の奥がそわそわする。

「ふたりとも気が早すぎだよ。俺も戻ってきたばかりで、向こうの家の片づけが残っているから、旅行はしばらく厳しいかもしれない。でも、そのうち四人で行きたいね」

隣に座るおにいちゃんが、やんわりと両親の暴走を制止してくれたことに内心ほっとしている。

乙女心は複雑で、まだまだ心の整理に時間がかかるのだ。

「ここに住めばいいのに」

義父が不満げな瞳をおにいちゃんに向ける。実家に住んでほしいのが、本音のようだ。

「向こうの家の方がオンコールのとき、すぐに対応できるだろ。父さんたちが寂しがらないように、こっちでもちゃんと寝泊まりするし、頻繁に顔を出すつもりだよ」

すぐに病院に駆けつけられるように、他に家を借りたのか。

じゃあ私を避けてとか、そういう意味ではなかったのかな？

ふたりの会話に耳を傾けながら、お寿司を箸で口に運んだ。

「実家に顔を出さないときは、父さんたちが大輝の家に遊びに行くか……」

「それは遠慮しとくよ」

おにいちゃんが言葉を遮るように制止する。義父は寂しそうに肩を落とした。そんな姿を見て、隣に座る母がクスクスと笑いながら背中を摩り、宥《なだ》めている。

「あ、小春はいつでも遊びに来ていいからね」

「え？」

次の瞬間、どこか楽しげな声が鼓膜を震わせた。少しギョッとしながら、隣に視線を送る。そこにはやわらかく微笑むおにいちゃんの姿があって、トクトクと心音が高鳴っていく。

「小春は俺の中で特別だから、いつでもおいで」

〝特別だから〟なんて。

その言葉の破壊力、分かって言ってる？

それに加え、優しいまなざしを向けられたら、誰だって勘違いしそうになっちゃうよ。

「……いつか、機会があればね」

とっさにそう返答したものの、頬が一気に熱くなり、きっと動揺を隠せてはいなかったと思う。

「おにいちゃんってば、人の気も知らないで」

ついさっき、食事の席で言われた言葉が頭から離れない。

時刻は二十一時を回ったところだ。早めにお風呂を済ませ、ベッドに仰向けになりながら、ぼんやりと天井を見つめていた。

おにいちゃんは、究極の人たらしに違いない。

胸がドキドキして、こんなんじゃ寝られそうにないじゃない。

今度、楓花と茉奈に会ったら、話をたくさん聞いてもらおう。そう心に誓ったその刹那。

ノック音が聞こえ、ベッドから起き上がった。

「はーい」

いつものように母が洗濯物を届けにきたのだろうと思い、なんの躊躇もなくドアを開けた。

「おにいちゃん……」

だが、ドアの外には予想外の人物が立っていた。思わず高速な瞬きを繰り返しながら見上げる。

「どうしてそんなに驚いているの?」

おにいちゃんがフッと笑いながら、顔を覗き込んでくる。

お風呂上がりのようで、シルクのネイビーのパジャマを着ている彼からは、ほのかに石鹸の香りが漂ってきた。

「いや、その……てっきりお母さんが、洗濯物を届けにきたんだと思ったの」

必死に平静を装いながら、美しい瞳を見つめ返す。

「そっか。ちょっと中に入ってもいい？」

「いいけど……」

ここで断るのもおかしいよね？

部屋の中に招き入れると、おにいちゃんがデスクチェアーに腰を下ろした。それを見て私はベッドの上に座り、少し遠目から様子を窺う。

「綺麗に整頓されているね」

おにいちゃんが部屋を見回しながらそう言う。

「私、意外と几帳面なんだよ」

「うん、知ってる。それに努力家なのもね。ちゃんと大学生しているみたいだね。心理学の勉強は楽しい？」

おにいちゃんが机の上にあったレポートを手に取った。

なんだかそわそわとしてしまう。

もうじき学校が始まるので、過去のレポートやら教科書を整理中で、それらを机の上に出していたのだけれども、引き出しにしまっておけばよかったと後悔中だ。

おにいちゃんがレポートを捲る素振りを見せたので、慌ててベッドから立ち上がりそれを取り上げた。

「恥ずかしいから読んじゃダメ」

頬を膨らませながら、再びベッドに腰を下ろした。

「ごめん、ごめん。それを読んだら小春が普段、どんな風に物事を捉えているのか知れるのかなと思ってね」

おにいちゃんが手を合わせ、謝ってくる。

「それを知ってどうするの？」

「小春のことは、なんでも知っておきたい質なの」

わずかに口元に笑みを湛えながら、またおかしな発言をしてくる。

本気で言ってるのか、ただ揶揄《からか》っているだけなのか。

判別がつかなくて、つい目を泳がせてしまう。

どう返答すればいいか分からない。

戸惑っているうちに、部屋が静寂に包まれた。

さすがに無言は、キツイかも。

「……そういえば、楓花ちゃんや茉奈ちゃんとは、相変わらず仲良くしてるんだね」

話題を探していたら、先におにいちゃんが口を開いた。

椅子から立ち上がり、棚の上に飾ってある楓花と茉奈と私が一緒に映っている写真立てを手に取った。そのままこちらに、穏やかなまなざしを向けてくる。

「……うん。いつもふたりには助けてもらって、感謝しかないよ。私にはもったいないくらい、いい友達」

話題が親友たちに移り変わり、自然と饒舌になる。

「そっか。そういう友達がいるのは、幸せなことだよね。そういえば、あの日、一緒にいた男の子も同級生なの？」

写真立てをもとの位置に戻してから、おにいちゃんは再びデスクチェアーに腰を沈めた。そして、長い足を組みながらじっと見つめてくる。

「あ、田村くん？　うん。中学のときの同級生だよ」

「そうなんだ」

「うん。田村くんって、中学のときも面倒見がよくていい人だったんだよ。私もいろいろ助けてもらったの。今回も、救急車を呼んだ方がいいとか、彼がいろいろと指示してくれて、すごく感謝してる」

「へぇ。小春もいろいろ助けてもらったんだ」

再び、静寂が舞い降りた。

おにいちゃんは口元に手を置きながら、なにか考え込んでいる様子だ。

「……ねぇ、男の人ってなにをあげたら喜ぶものなの？　田村くんにお礼をしたくて」

今度は自分から沈黙を打破しようと、そんな質問を投げかけた。

「うーん、なにがいいかは分からないや。小春は彼に好意があるの？」

どうしてそんなことを聞くの？

瞳を揺らしながら、おにいちゃんを見つめ返す。真っ直ぐに向けられたまなざしは、どこか切なげに見える。

「恋愛感情はないけど、いい人だとは思う」

「ふーん。そっか」

おにいちゃんが、私の横に腰を沈めた。こうなれば意識せずにはいられない。

こんな状況に耐えられるわけもなく、レポートを机に戻そうと、とっさに立ち上がったそのときだった。

「小春は、男性に対して思わせぶりな態度をするところがあるし、警戒心がなさすぎだね」

ふいに腕を掴まれた。

手に持つレポートがはらはらと宙に舞って床に落ちていき、気づいたときにはベッドに体を押し倒されていた。

至近距離にある綺麗な顔。先ほどよりもより濃く、石鹸の香りが鼻を掠めた。

「ち、ちょっと、こういう揶揄いはやめて」

ベッドに縫い付けられた自身の両腕を必死に動かそうとするが、男の人の力に敵うはずはなく、ビクともしない。

「これが揶揄いじゃなかったら、小春はどうする？」

甘い吐息が頬を撫で、宙に消えていく。

おにいちゃんがこれ以上のことをするとは思えない。だけど、今日の彼の言動は、私が知る姿とは少し違う気もしている。

心理学を学んでいる今でも、この人の本心だけは見抜けない。

「分かんないよ。……男の人とこんな状況になったことないもん」

素直に思いを口にしたら、おにいちゃんが一瞬、目を見開いた。それからすぐに腕を解放され、体を起こされた。

「ごめん、ちょっと揶揄いすぎたね」

おにいちゃんが、私の頭を優しく撫でてくる。

羞恥心から体が熱くなっていく。とっさに近くにあった枕をおにいちゃんに向かって投げつけた。

「お、おにいちゃんのバカ！」

「小春になにかあってからじゃ遅いから。これからは、ちゃんと今回のことを教訓にするんだよ」

彼がベッドから立ち上がり、ドアの方へとゆっくりと歩き出す。

「分かった。教訓にする！　もう絶対におにいちゃんを部屋にいれてあげないんだから」

気づけば、遠くなる背中に向け、そう叫んでいた。

一途な恋情

義兄となる前から大輝おにいちゃんは、私を支えてくれていた。彼の存在が私の中で大きな割合を占めていたのは、私に父親という存在がいなかった環境が少なからず影響しているのかもしれない。

幼い頃は母に、実父はお星さまになったと聞かされていた。だが、私が小学四年生に上がるとき、真実を教えられた。実父は交通事故で亡くなったのだと。

母はなぜか実父の物や写真を飾るのを嫌がって、家には実父の記憶を留めるものは置いていない。

毎年、父の命日には、母ひとりでお墓参りに行く。私を連れては行かない。

母は、実父とどんな会話をしているのかな。

どうして私を連れて行ってくれないのだろう。

そこには踏み込んでいけない気がして、聞けずにここまできてしまった。

ただ、これだけは分かる。若かりし母にとって、父の死は到底受け入れられなかったのだと。

夜中に母がキッチンで蹲り、ひとり泣いていた記憶がうっすらとあるのだ。でも、私の前ではいつも笑っていた。時折、母方の祖父母の力を借りながら、私を一生懸命に育ててくれた。そんな母には、感謝してもしきれない。

だから、再婚すると知ったとき、心のどこかで安堵感を覚えるとともに、心から祝福した。

もともと家族ぐるみの付き合いがあり、私に対してもふたりともすごく優しく接してくれていたので、大輝おにいちゃんのお父さんならば、母を幸せにしてくれると思えた。

新たな家族の形でスタートした中学時代。すごく充実していたし、幸せを感じた。

でも、高校に進学すると、私はある苦い経験をすることになる。

高校一年生のとき、クラスで行動を共にいていた前島千紗《まえじまちさ》ちゃんは、美人でスタイルがよく、クラスの中心にいるような存在だった。

楓花や茉奈と違うクラスになってしまい、途方にくれていた私に彼女が声をかけてくれて、一緒に行動するようになった。

人気者の千紗ちゃんが、私のような子と一緒に行動してくれるのが正直、意外だった。

この頃の私は、少しぽっちゃり体型だったし、どちらかといえば、おとなしいグループに属する人間だったから。

そんなある日、千紗ちゃんが教室で、他のクラスメートと話しているところに遭遇し、彼女の本音を知ってしまうことになる。

千紗ちゃんは、大輝おにいちゃんに思いを寄せていたのだ。だから、私に近づいて、彼と仲良くなるきっかけがほしかったようだった。

本当は鈍感で太っている私のことが嫌いだし、一緒にいてイライラすると笑いながら話していた。

それを知った私は、ショックを受けた。それ以降、食べ物を食べても吐き出すようになり、それを繰り返すようになった。

俗にいう拒食症だ。

家族や楓花たちには心配をかけたくなくて、言えなかった。

ダイエットをしていると言うと、両親は納得してくれた。だけど、おにいちゃんだけは、急激に痩せ始めた私をすごく心配していた。

でも、〝痩せなければいけない〟そんな強迫観念に囚われていた私は、彼の忠告をまったく聞こうとはしなかった。

そして、学校では相変わらず千紗ちゃんといた。なにも知らないふりをして彼女の前で笑い続けたけれど、そんな生活が正直、しんどかった。

そんなある日、自室で突然の吐き気に襲われ、とっさにゴミ箱に嘔吐しているところをおにいちゃんに見つかってしまったのだ。彼は嫌な顔ひとつせず嘔吐物を片づけてくれて、そのあとも、私が落ち着くまで寄り添ってくれた。

それをきっかけにおにいちゃんにだけは、こうなった経緯と拒食症である事実を告白した。もちろん、千紗ちゃんの名前は、出さずにだけれども。

彼は親身になって話を聞いてくれて、「小春は小春のままでいいんだよ」そう言って抱きしめてくれた瞬間、ほっとしたのだ。

それからおにいちゃんが勧めてくれた心療内科に通い、食べ物を食べても吐かないようになり、徐々に普通の生活ができるようになった。

千紗ちゃんからはずっと〝大輝さんに会わせてほしい〟アピールが続いていたが、それを断り続けた。それに彼女は気を悪くしたようで、「大輝さんを紹介してくれなきゃ友達をやめる」と、本音をぶちまけられた。その出来事をきっかけに、千紗ちゃんとは距離ができ、クラスで違う子たちと行動を共にするようになった。

千紗ちゃんにおにいちゃんを紹介しなかったのは、彼女の本音を知っていい気がしなかったのと、彼が他の女性と仲良くするのを見るのが嫌だったから。

つまりはこの頃、義兄へ恋心を抱くようになったのだろう。

そうなったらなったで、今度はおにいちゃんに対してどう接すればいいか分からなくなり、避けるようになった。挙げ句の果てには「迷惑だから」と言って、突き放してしまった。

それをずっと後悔して生きてきた。

あれから四年あまり。

おにいちゃんが突然、帰ってきて、あのとき止まってしまった時間が再びゆっくりと動き出した。私の心は、毎日、戸惑ったりドキドキしたり騒々しくて、しばらく落ち着きそうにない。


長い春休みが明け、大学三年目の前期の授業が始まって二週間弱が過ぎた。

土曜日の昼下がり。私は郊外にある隠れ家的なカフェにいた。窓の外を見ると、桜色の風が舞い散り、麗《うら》らかな春を演出してくれている。

「ここの春限定のストロベリーパンケーキ食べてみたかったんだよね」

楓花がメニュー表を見ながら、うれしそうに微笑む。

「私も。見た目がかわいいし、ふわふわそうだもんね。こっちのピスタチオとラズベリーのパンケーキも気になるなぁ」

「じゃあ、ふたつ頼んでシェアして食べよう」

「うん。そうしよう」

頼み終えると、先に運ばれてきた飲み物を口にしながら話し始めた。

「それにしても、あの日の大輝さん、カッコよかったなぁ。あんな形で再会するなんてドラマチックだよね」

「その話、これで何回目？」

目の前の席に座る楓花に向かって怪訝な顔をしたら、彼女がクスクスと笑い出した。

楓花が言う〝あの日〟とは、もちろん私の誕生日のことだ。

「今日、茉奈がいたら質問攻めだったね」

「うん。そうだったと思う」

思わず苦笑いを浮かべる。

本当は今日、茉奈の快気祝いをここでする予定だった。でも、茉奈のバイト先で人手が足りない事態になり、急遽、彼女がシフトに入ったので、来られなくなってしまった。

「で、その後、大輝さんとはどんな感じなの?」

楓花が両手をテーブルの上で組みながら、じっと私の顔を見つめてくる。

「え? どうって……別に普通だよ」

声が震えてしまったのは、ベッドに押し倒されたあの光景が頭に浮かんだからだ。

一気に頬が熱くなる。思わず冷たいアイスティーに手を伸ばし、ストローを咥《くわ》えた。

あれからおにいちゃんとは、顔を合わせてはいない。

朝はうまく時間をずらして鉢合わせしないようにしているし、夜も彼が仕事から帰ってきたのを察知すると、自分の部屋に逃げ込む生活が続いている。

というか、病院近くに家を借りた意味がないのでは? と素朴な疑問が頭を過る。

「その様子だと、大輝さんとなんかあったんだ?」

「え?」

ゴクリとアイスティーを飲み込むと、宙で瞳が絡まった。

「小春、顔が真っ赤だもん。すごく分かりやすいよね」

こんなんだから、おにいちゃんも私を揶揄ってくるのだろう。

自分の不器用さに、我知らず溜め息が漏れる。

「で、なにがあったの?」

楓花がニヤリと笑いながら、私の顔を覗き込む。

普段の楓花はあんまり突っ込んだことを聞いてこないのに、今日の彼女はどこか積極的だ。

「今日の楓花、なんだか茉奈みたい」

思わずそんな本音が、口から飛び出す。

「だって気になるじゃない。私はね、小春には幸せになってほしいの」

幸せになってほしいという気持ちは、すごくうれしい。

もしも、ここでベッドに押し倒された件を話したら、楓花はなんと言うだろう。

「実はね……」

少し悩んだあと、あの日の出来事を伝えることにした。

「この前、おにいちゃんが私の部屋を訪ねてきて、いろいろ話していたら……」

「うんうん。いろいろ話していたら？」

彼女が相槌を打ちながら、優しい瞳をこちらに向けてくる。

「『小春は、男性に対して思わせぶりな態度をするところがあるし、警戒心がなさすぎだね』とか言われて、ベッドに押し倒されて……」

「え～！　もしかして、そのまま……」

楓花が興奮気味に声を荒らげたので、とっさに彼女の口元に手を置いた。

「それはないから！」

返答を聞いて、楓花が明らかに残念そうな顔をしているように見えるのは、私の気のせいだろうか。そんなことを考えながら、ついさっき届いたパンケーキに視線を落とす。

「そもそも、なんでそんな話になったわけ？　知らず知らずの間に大輝さんを誘惑してたとか？」

「誘惑なんてしてないよ。ただ、おにいちゃんが田村くんの話を聞いてきたから、いろいろ答えただけだよ」

首を横に振りながら否定する。

「あ、そういうことね」

楓花が納得したと言わんばかりに何度も頷きながら、パンケーキを切り分け始めた。

「そういうことね、ってなにが？」

「大輝さん、田村くんに嫉妬したんだよ」

「え？　嫉妬？」

思わぬ返答に、心臓をどよめかせながら楓花を見つめる。

「本当に小春って鈍感なんだから。でも、これで完全に脈ありとみた。ひとまず、お祝いに美味しいパンケーキを堪能しよう。はい、これ小春の分ね」

「ありがとう。てか、なんのお祝い？」

パンケーキが載った皿を自分の手前に引きながら、首を傾げた。

「それはもちろん、小春と大輝さんの両想い記念だよ」

「……両想い記念？」

ニコリと微笑む楓花の前でその言葉を復唱すると、突然、春のひだまりに包まれたように心の奥が温かくなるのを感じた。

＊＊＊

「完全に避けられてるよな」

どうやって小春の許しを乞うべきか。

そもそも帰ってきて早々にやらかした俺を、彼女は受け入れてくれるだろうか。

頭はそんな不安に支配され、気づくと溜め息ばかりついている。

素直で天真爛漫な小春は、幼い頃からずっと俺を慕ってくれていた。俺も、彼女を妹のようにかわいがっていた。

　そんな小春を見る目が変わったのは、きっとあの出来事がきっかけだったのだろう。

　あれは、俺の父と小春の母親が再婚してしばらく経った頃のこと。家族で小春のピアノのコンクールを見に行ったときのことだ。

　そのコンクールには、小春の親友でもある楓花ちゃんも出ていた。そして、最後の結果発表を聞いていたさなか、それは訪れた。

　小春は入賞を果たせなかった。その一方で、楓花ちゃんは第三位という成績を収め、壇上に上がったのだ。小春は、その様子を俺の隣の席に座ったまま見つめていた。

　チラチラと彼女の様子を窺うと、涙が頬を伝っているのが見えた。きっと結果が振るわず、悔しくて泣いているのだろうと思った。それなのに、親友が好成績を残し表彰されるところを見るのは、いい気がしないだろう。

「小春の演奏、とっても素晴らしかったし感動したよ。今回は悔しいだろうけど、次こそは、努力が花開くと思う。だから泣かないで」

　そっとハンカチを差し出すと、小春がきょとんとした顔を見せ、首を傾げた。

　このときの俺には、彼女がどうしてそんな反応を見せたのか、すぐに理解できなかった。

それは、俺が小春とは正反対の人間だったからだ。

俺はこの頃、上昇志向がかなり強く、何事も一番でありたい、そんな欲求に支配されていた。その根底には、俺を捨て家を出て行った実母を見返したい、そんな思いがあった。

「違うよ。悔しくて泣いているんじゃないよ？」

「え？　じゃあなんで泣いてるの？」

瞬きを繰り返しながら、静かに返答を待った。

「うれしくて泣いてるんだよ」

「……うれしい？」

その感情は俺にとって理解しがたいもので、ますます混乱し、眉根を寄せた。

「だって楓花、すごく頑張ってたから。努力が実ってすごくうれしいの。抱きしめて、おめでとうって伝えたい！」

小春の言葉に、ハッと息を呑んだ。

俺は誰かに対して、そんな感情を抱いたことがなかった。どちらかというと、友人の誰かが自分より好成績を収めたときは、おもしろくなかったし、嫉妬して心から「おめでとう」とは言えたことがない。

誰かのためにうれし涙を流せる、天使のような彼女がとてもまぶしく見え、小春の優しさを改めて実感した。

きっと、その瞬間から俺の中でなにかが変わり、彼女に惹かれていったのだと思う。

彼女といると心が穏やかな自分がいて、心から笑えていた気がする。そして、周りの人に対しても優しくなれた。いつも小春は、俺に新しい感覚と価値観を与えてくれた。

たとえば、食事についてもそうだ。俺はおふくろの味とかいうものを知らないで育った。仕事で忙しい父に代わり、家政婦さんが俺の身の回りの世話をしてくれていて、ひとりでご飯を食べるのが多かった。ひとりでの食事は虚しく好きではなかったから、俺にとって食事は、栄養を補給することでしかなかった。

だけど、小春とともに食卓を囲むようになり、食するのが楽しくなった。

中でも、元気がない俺に小春が作ってくれた大きなハンバーグ。あれは、一生忘れないであろう特別な味だ。俺の心と胃袋は、がっちり掴まれてしまったというわけだ。

料理上手で、いつも朗らかで優しくてかわいい。語り尽くせぬほど、好きなところがありすぎる。

だけど、義兄妹という関係が俺の前に立ちはだかり、結局、この気持ちを小春に伝えられずにここまできてしまった。

今、この瞬間だって、愛おしい顔を思い浮かべるだけで胸が熱くなる。

それにしても、病院で俺の存在に気づいた小春の反応は傑作だったな。

相当、驚いた様子だった。ぱっちり二重の瞳を大きく見開き、雪のように白い肌をほんのり桜色に染めていた。小柄で華奢な体も、小刻みに震えていたように見えた。

二十歳を迎えた彼女は、大人の色気が漂うようになった。一層、周りの男を引き寄せていると思う。

もともと小春が二十歳の誕生日を迎えた頃に、こっちに戻ってくるつもりでいたが、正解だったかもしれない。

俺が専門研修で父の病院を離れ、東京の救命救急センターを選んだのは、向こうの病院の方が搬送数が圧倒的に多く、専攻医としての腕を磨けると思ったからだ。

俺の夢は〝あの瞬間〟から救急医になること。それ以外の選択肢はなかった。

それにあのまま俺が小春のそばにいたら、彼女の自由をすべて奪いかねないとも思った。

あの頃の俺は、小春に対して周りから見ても分かるほど過保護だった。

小春の帰りが遅いとよく車で迎えに行っていたし、明らかに小春に気がありそうな男が彼女にアプローチしているのを見ると、内心穏やかではいられなかった。小春は鈍感だから気づいていなかったが、とにかく男子にモテていた印象だ。

日々、変な男が寄ってこないようにと目を光らせていたが、なによりその頃、小春が通う高校の近くで不審者の目撃情報が多発していたり、夜間に若い女性が、男に声をかけられ、連れ去られそうになる事件が起きていたことから、心配が加速していった気がする。

そんな口うるさい俺に対し、ついにあの日、小春が〝迷惑だ〟と言い放った。

その日を境に彼女に対して、なにも言えなくなってしまった。嫌われるのが怖かったのだ。そして、一旦、小春と距離を置こうと心に誓い、実家を離れた。

だけど、人として、また医師としても成長できた今ならば、ずっと俺の中でくすぶり続けていた〝あの問題〟を含めても、小春を幸せにできる自信があるし、覚悟ができた。

だから、今度という今度は。

すべての柵と過去を振り切って、義兄妹の境界線をも越えてみせる。

＊　＊　＊

「ただいま」

「おかえりなさい」

その日、私は楓花に散々煽《おだ》てられ、どこか高揚した気分で帰宅した。

リビングに顔を出したら、母が笑顔で迎えてくれた。美味しそうな香りが鼻を掠め、思わず鍋の中を覗き込む。

今日のメインは、ロールキャベツらしい。

すごく美味しそう。

明日の朝食に食べるのが楽しみだ。

「小春は夕飯いらないのよね？」

「うん。楓花とパンケーキを食べてきたからお腹いっぱい」

「了解。じゃあ小春の分は、ラップして冷蔵庫にいれておくわね。それにしても、なんだか機嫌がよさげね？」

洗面室に行こうとしたところ、母にそう言われ足を止めた。

「そんな風に見える？」

「うん。すごくうれしそう。なにがあったの？」

母が棚から食器を取り出しながら、穏やかな瞳をこちらに向けてくる。

おにいちゃんと両想いかもしれない。

楓花の推測に心を躍らせているとは、さすがに言えない。

なんて言って誤魔化そうか。

頭をフル回転し始めたその矢先のこと。

「俺も、小春が浮かれている理由を知りたいな」

ドアが開く音がして、リビング横にあるファミリークローゼットから顔を出したのは、上下黒のスエット姿のおにいちゃんだった。

まさかの登場に睫毛を瞬かせながら、ふんわりと笑う彼を見つめる。

「玄関におにいちゃんの靴がなかった気がするんだけど……」

見逃しただけだろうか。いくら鈍感な私でも、靴があったら気づくはず。思い返してみても、玄関には母のスニーカーと、義父がよく休日に履くサンダルしかなかったような……。

「靴？ それなら俺の靴があると邪魔になるから、シューズクロークに閉まったんだ。義母《かあ》さんと小春の顔が見たくて、今日は早く帰ってきたんだよ」

彼の瞳が、母と私を行ったり来たりする。

「大輝くんってば、うれしいことを言ってくれちゃって。ロールキャベツもう一個つけておくわね」

戸惑う私とは対照的に、母はすごくうれしそうに頬を緩める。そして、棚から取り出したお皿に、大きなロールキャベツを三個ほど盛り付けた。

「義母さんのロールキャベツ、すごく美味しいから食べるのが楽しみだ」

「ふふっ。本当に褒め上手ね」

「……私、手を洗ってくるね」

ふたりの会話を横目に、そっとリビングを出て洗面室に向かい出す。

洗面室にある大きな鏡に映る顔は、ひどく困惑に満ちている。一旦、冷静になろうと強く蛇口を捻り、冷たい水で顔を洗い出した。

ただでさえ私は、分かりやすい人間なのだ。このままの状態では、またおにいちゃんに揶揄われるのが目に見える。

もしも、あの日のような言動をされたら……。

「絶対、無理！」

「無理って、なにが？」

後方からそんな声がして、とっさに振り向いた。

「お、にいちゃん……いつからそこに」

「小春が、絶対無理って叫んだあたりからかな」

洗面室のドアに寄りかかっていたおにいちゃんが、微笑みながら近づいてくる。その視線に耐えられなくなり、ハンガーにかけてあるタオルで顔をごしごしと拭き始めた。

「そんなに強く拭いたら、肌を傷めちゃうよ」

彼の指先が、私の腕に伸びてくる。

平常心でいたいけれども、できそうにない。心臓がトクンと跳ね上がった。

「……そうだね。気をつける」

おにいちゃんの手を振りほどくようにタオルを戻し、うつむいた。

「小春さ、俺を避けてない？」

やっぱりバレていたみたいだ。

ギュッと下唇を噛んだまま、押し黙る。

「こないだのこと、まだ怒ってる？」

おにいちゃんを意識してしまっているからだとは言えない。それならばいっそのこと、怒っている体にしてしまおうと静かに頷いた。

「ごめんね。困らせて悪かったと心から反省してる」

突然の謝罪の言葉に、とっさに彼を見上げる。宙で絡まったまなざしはすごく切なげに見え、ドキッとした。

「えっと、謝ってくれたし……もういいよ」

目を泳がせながら、そう口にしてみる。

別に本気で怒っていたわけではない。こんな風な顔をされると、却ってこっちが申し訳なくなる。

「許してくれるの？」

「……うん」

頷けば、彼がほっとしたように頬を緩ませた。

「じゃあ今度、仲直り記念に一緒にご飯を食べに行こう」

ついさっき楓花に言われた〝両想い記念〟の言葉が脳裏に蘇る。

どうやら私の周りには、なにかと記念日を祝いたい人で溢れているみたい。

なんだかおかしくなって、プッと笑ってしまう。

「なんで笑ってるの？」

「ううん。なんでもない。てか、仲直り記念なんて大げさだよ。そんなことしていたら、毎日がお祝いになっちゃう」

「小春と毎日お祝いができるなら、それはそれでうれしいけどな」

おにいちゃんが私の頭にそっと手を置き、さらに笑みを深くする。

心が穏やかになっていく。それと同時に頭に浮かんだのは、過去におにいちゃんに対して怒ってしまったこと。今ならちゃんと謝れる気がした。

「あのね、おにいちゃんが東京から戻ってきたら、言いたいことがあったの」

「なにかな？」

彼が顔を覗き込んできた。

「昔のことを謝りたくて」

「ん？　昔のことを謝りたい？」

彼は意外だと言わんばかりに首を傾げ、瞬きを繰り返す。

「おにいちゃんが東京に行く少し前、あれこれと干渉してこないでとか、迷惑だとか言ったこと……私、ずっと後悔してたの。あのときは本当にごめんなさい」

謝罪の言葉を口にしたら、ずっと抱えていた胸のもやもやが少し軽くなった気がした。

「それなら小春が謝る必要はないよ。俺がものすごく干渉し過ぎだったんだ。あのときはごめんね、小春」

申し訳なさそうに顔を歪め、おにいちゃんが頭を下げてきた。

彼も彼で、あのときの出来事を気にしていたらしい。

そっと彼の肩に手を置く。

「頭を上げて。おにいちゃんは私のためを思って言ってくれたんだって、今なら分かるから」

「小春……」

ゆっくりと頭を上げた彼と宙で視線が交わった。

「私ね、急におにいちゃんが東京に行っちゃったから、愛想を尽かされたんだと思ってた。もっと言えば、私のことが嫌いだから、家に帰ってこないんだろうなって……」

「それは誤解だよ。ずっと実家に顔を出さなかったのは、俺の中で一人前の医師になるまで、ここには帰らないと決めていたからで。そうしないと、甘えてばかりで自分が成長できないと思ったんだ。俺は昔も今も、小春が大好きだよ」

満面の笑みを浮かべながらそう言われたら、破顔せずにはいられない。

家族として大好きと言ってくれているのだと、頭では分かっている。だけど、胸のときめきは加速していくばかり。

やっぱり私は……おにいちゃんが好き。

そんな自覚をした瞬間、心の奥の渇きが一瞬にして潤っていく気がした。


それから数週間が経った。木々が青々と茂るその光景からは、初夏の香りがほんのりと漂い始めている。

おにいちゃんは仕事で忙しく、ここのところずっと実家に帰ってこなかったので、今日は久しぶりの再会。朝から胸の高揚が抑えられずにいた。

おにいちゃんが運転する車に乗り込み、午前中は駅前の商業施設を見て回り、近くのアーケード街にあるカフェで昼食を食べた。

その後、一緒に映画を観てから再び車に乗り込み、今は彼が予約してくれたレストランを目指している最中だ。

「寒くない？　寒かったら遠慮せずに言って」

「大丈夫だよ」

「あ、ひざ掛け使う？」

「おにいちゃんってば、相変わらず超過保護だね」

「そうかな？　これくらい普通だと思うけど」

彼が首を傾げながら笑う。

自覚のなさが、なんだかおかしくて笑ってしまう。そんな私を見ておにいちゃんも釣られたようにさらに目を細めた。

今から向かうお店は軽いドレスコードがあるみたいで、おにいちゃんは黒のジャケットにタイトな黒のパンツを着用したシックな装い。私も小花柄の白のロングワンピースに淡い水色のカーディガンを羽織り、靴もベージュのパンプスという、よそ行きスタイルだ。

おにいちゃんがいろいろと話を振ってくれるので、気まずくならずに済んでいる。いや、むしろ楽しんでいると言った方が正しいのかもしれない。

助手席の窓から見える空がオレンジ色に染まり始めたことに気づき、一日があっという間に過ぎたのを実感している。

「どこのお店に連れて行ってくれるの？」

「ウニのパスタが美味しいお店。小春、ウニ好きでしょ？　デザートも豊富だから、いろいろ食べてみて」

「それは楽しみだなぁ」

目を輝かせる私を見て、おにいちゃんが口元に笑みを湛える。私もおにいちゃんが好物を覚えていてくれたことがうれしくて、ずっと浮かれっぱなしだ。

それから数十分後、郊外の閑静な場所にある一軒のおしゃれなレストランに到着した。

「……わぁ、すごい」

思わずそんな言葉が漏れる。

瞳に映るのは、白を基調とした英国のジョージアン様式のシンメトリーな洋館だ。お店の入り口に取り付けられたトランザムとペディメントは、優雅なヨーロッパの邸宅を彷彿させる。

そんなデザイン性の高い外観にくぎ付けになっていたら、おにいちゃんが運転席から降りてこちら側に回ってきて、助手席のドアを開けてくれた。そして、さりげなく手を差し出してくる。

「さて、かわいいお姫様、参りましょうか」

これは俗にいうエスコートってやつだよね？

「……はい」

胸をときめかせながら手を重ねる。すると、彼がほんのりと微笑み、ゆっくりと歩き出した。

こんな時間も愛おしい。

胸をときめかせながら店内に入ったら、すぐにお店の人がこちらに寄ってきて個室に案内してくれた。

外観も圧巻だったけれど、内装もまた豪華だなぁ。

通された部屋は、白とシャンパンゴールド色で統一されている。頭上にはシャンデリアがキラキラと光り輝いており、ラグジュアリーな空間だ。また部屋が中庭に面していて、窓からライトアップされた木々が見え、ロマンチックな雰囲気を演出してくれている。

「お店の中も素敵だね」

「気に入ってくれてうれしいな」

しばらくして、アペリティフとして頼んでいた炭酸水が運ばれてきた。グラスを合わせて乾杯し、優雅なディナーが始まった。

「こちら前菜になりまして、左から真鯛のタルタルと季節野菜のミルフィーユ。続いてフォアグラのコンフィ柚ジュレ添え。そして、最後、こちらがホワイトアスペルジュのオランデーズソース和えとなっております」

コンフィ？

アスペルジュ？

聞いたことのない料理用語ばかりで、どんな味なのか想像がつかない。でも、見た目からして美味しそうなのは分かる。

料理を運んできたギャルソンの説明を聞き終えたところで、両手にカトラリーを持ち、料理を切り分けて口に運び始めた。

すごく美味しいけれど、こういう場に慣れていないので、どうも気持ちが落ち着かない。

こういうかしこまったお店に来たのは、高校の入学お祝いで、おにいちゃんに回らないお寿司屋さんに連れて行ってもらって以来だ。

「どうしたの？　料理、口に合わない？」

「え？」

宙で視線が交わった。

おにいちゃんは、実に人のことをよく観察していると感心してしまう。

「ううん。とっても美味しいよ。こういうお店に来るのが久しぶりだから、なんか緊張しちゃって……」

「個室なんだから、気兼ねなく料理を楽しめばいいよ」

彼は穏やかな笑みを湛え、フォークで前菜を口に運ぶ。

その様《さま》もやはり気品に溢れ、どこを切り取っても絵になる。きっとこういう場にも慣れているのだろう。こんな風にスマートさを目の当たりにすると、十も年が離れている現実を痛感し、切なくなったりする。どんなに背伸びしても、その差は埋まらないのだ。

きっとおにいちゃんは、私以外の女性ともこういうお店に来たことがあるのだろう。

ふとそんな推測を思い浮かべてしまったら、胸がもやもやしだしてしまった。

こうなると、どんどん気持ちがブルーになっていく。

これでは、素敵なお店に連れてきてくれたおにいちゃんに申し訳ない。

今はとにかく気持ちを切り替えて、貴重な時間を楽しもうと固く心に誓ってみる。

よくよく考えてみたら、今、この瞬間は、大好きなおにいちゃんを独占できるってことだよね？　なら、この幸せな時間を楽しまないなんてもったいない。

「さっきの前菜もスープも美味しかったし、このウニのパスタも絶品だね」

大好きなウニパスタを食べ出した頃には、すっかり食事を満喫していた。

「それならよかった。そんなに気に入ったなら、パスタを追加しようか？」

「ううん。それはいいよ。お腹がいっぱいになって、これからくるメイン料理が食べられなくなっちゃいそうだし」

「せっかくだから、追加したらいいのに」

おにいちゃんがパスタをフォークに絡めながら、こちらに穏やかなまなざしを向けてくる。

「それって遠回しに、私のことを食いしん坊だって言ってる？」

「いいや。そういうことじゃなくて。俺は、小春が幸せそうにご飯を食べる姿を見てるのが好きなの」

「え？　そうなの？」

手を止め、彼の方を見た。

「うん。もともと俺は、食にあまり興味がなかったんだ。どちらかといえば、生きるために栄養を補給するって感覚だった」

「……そうなんだ」

食べることが大好きな私にとって、その感覚はよく分からない。でも、おにいちゃんが自分の話をしてくれるのは、すごくうれしい。

「小春と出会って、美味しそうに食べる姿を見たり、家で一緒に夕飯を食べたりするようになって、食事が楽しいって思うようになったんだよ」

おにいちゃんが目尻を下げながら、パスタを口に運ぶ。

彼が変わるきっかけになれたことを知り、自然と胸が温かくなる。私も大好物を頬張りながら、口元を緩ませた。

おにいちゃんも私と同じく、ずっとひとり親家庭で育ってきた。詳しい事情は知らないけれど、おにいちゃんが幼いときにご両親が離婚し、おにいちゃんは父親の方に引き取られたそうだ。

家事は家政婦さんがほぼやっていて、おにいちゃんはひとりで食事をすることが多かったみたい。うちの母がそれを見かねて声をかけ、よくうちに招いて三人で夕飯を食べていた。

「相変わらず、作る方はてんでダメだけどね」

ふと声が耳に届き、意識がそちらに動いた。

そうだった。完璧に見える彼にも、苦手なことがあるのだ。

おにいちゃんは、料理が得意ではない。昔、何度かホットケーキやハンバーグを作ってくれたけれど、真っ黒に焦げていたり、味が……だったような。

「向こうでは、どうしてたの？」

「ん？　コンビニで買い食いが多かったかな。忙しすぎて料理を作る気力もなかったし、俺には向かないって諦めた」

おにいちゃんが苦笑いを浮かべる。

「まぁ、完璧な人間はいないよ。誰だって苦手なことはあるもん。私だって裁縫ができないし」

「小春は優しいね。あ、今度、久しぶりに小春の手料理が食べたいな」

おにいちゃんがカトラリーを皿の端に置き、炭酸水のグラスへと手を伸ばす。再びグラスをテーブルに戻したタイミングで、私の顔をじっと見つめてきた。

「……今度、作ってもいいよ」

「本当に？」

ダメって言われると思っていたのかな？

幼い子供のように目を輝かせる姿が、すごくかわいらしいと思えてくる。

「うん」

「それはすごくうれしいな。それを糧に仕事を頑張れそうだ」

「本当に大げさなんだから」

そう言っている私自身も、こんなに喜んでくれるのがうれしかったりする。

空白の時間は埋められないけれど、こんな風に少しずつ昔みたいに仲良くしていけたら……その先に私が望む未来はあったりするのかな。

どんどん欲張りになっていく自分自身に戸惑いを覚えながら、静かに息を吐いた。


「今日はごちそうさまでした。すごく美味しかった」

「それはよかった。どういたしまして。また一緒に美味しいものを食べに行こう」

「うん！」

お店を出て車に乗り込むと、辺りはすっかり夜の帳《とばり》に包まれていた。

「一日あっという間だったね」

「そうだね」

車内には洋楽のしっとりとしたBGMが流れている。このあとの行き先は聞いてはいないけれど、車はきっと実家へと向かっているのだろう。

もうじき楽しい時間が終わろうとしている。

心なしか寂しいと思ってしまっているのは、今日、一緒に過ごした時間がとても有意義だったからに違いない。

もう少しだけ、おにいちゃんと一緒にいたいな。

そんな思いに駆られている。

「……明日も、仕事早いの？」

遠回しに探りをいれてしまっている自分に驚く。

「いいや。早くないよ。小春は明日、朝一から授業入ってる？」

「ううん。二限目からだから、朝はゆっくりかな」

「そっか」

チラッと運転席の様子を窺う。

「だったら、今日はまだゆっくりできるわけだね」

「まぁ、そうだね」

「今からちょっと付き合ってくれる？」

予期せぬお誘いだった。胸をトクトクと高鳴らせながら、綺麗な横顔を見つめる。

「いいけど、どこに行くの？」

「ん？　俺の家」

「……っ」

思わず視線を逸らし、フロントガラスから見える景色に目を向ける。そして、この先の展開をひとりで妄想し始めた。

どうしよう。

ここはやんわり断るべきなのだろうか。

でも、それだと変に意識しているみたいだ。そもそも家族なのだから、おにいちゃんの家に行くのはおかしくないよね？

「別に変に揶揄ったりしないから。そこは安心して」

やっぱり私の考えていることをすべてお見通しみたいだ。クスクスと笑う声が耳に届いた。

「絶対に揶揄ったりしない？」

頬を上気させながら、再び隣に視線を送る。

「しないよ。誓ってしない」

「……なら、行く」

結局、信じることにした私を乗せ、車は数十分で彼が暮らす家に到着した。

閑静な住宅街に建つネイビーを基調としたシックな外観の低層レジデンス。周囲には緑地公園や学校などがあり、立地条件もよさそうに思える。

二階以上が住居部分になっているようだ。ドアを開けた先にあるエントランスホールは、明るい木目と格子柄が強調された和モダンなデザインとなっている。

　このレジデンスには、ラウンジルームやゲストルームなどもあり、ゲストルームには露天風呂もあるらしい。

　戸惑っているうちに三階にある彼の部屋に着いていて、オートロックのドアが開けられた。

「小春、入って」

「お、おじゃまします」

　促され、遠慮気味に足を進めていく。

「なんかモデルルームみたい」

　通されたリビングもまた素敵だった。家具やインテリアはナチュラルな木製のインテリアで統一されていて、温かな印象を受ける。開放的だと感じるのは、全面ガラス張りの窓と縦ラインを強調したデザインのおかげだろうか。

　部屋の中はきちんと整理されていて、あまり生活感が感じられない。

「自分の部屋にいる感じで寛いで」

「……うん」

　グレーのソファーへ腰を下ろすと、おにいちゃんはリビング続きのダイニングに向かっていった。

チラッと見れば、そこには今流行のアイランドキッチンがある。

こんなおしゃれなキッチンで料理をしたら、きっとテンションが上がるに違いない。

遠目でおにいちゃんの様子を窺う。

「紅茶、ホットとアイスどっちがいい？」

「じゃあ、アイスで」

「了解」

しばらくして、おにいちゃんがこちらに戻ってきた。そして、アイスティーが入ったグラスをローテーブルの上に置き、私の隣に腰を下ろした。

「ありがとう。いただきます」

「レモンティーがあればよかったんだけど。今度、小春が来るときは準備しておくね」

「レモンティーが好きなことも、覚えていてくれたんだね」

「だって小春、よくコンビニで買ってたから。小春を怒らせたときは、レモンティーをあげると機嫌が直ってたよね」

「……はは。そうだったね」

甘酸っぱい記憶を辿りながら、アイスティーのグラスに口をつける。

「写真、飾ってるんだね」

ふとテレビ台の上に飾ってある写真に目が留まった。家族四人が写ったものや、おにいちゃんと私のツーショットなどが飾ってある。

「ああ。向こうでもずっと飾ってた。俺にとって家族は、大切な存在だから」

「そうだったんだ」

離れていても私たちのことを考えてくれていたのだと知って、緊張で埋め尽くされていた心に、ほんのりと温かい風が舞い込んでくる。そのおかげで少し気持ちが落ち着いてきたように思う。

「向こうにいたときの写真とかないの?」

「あー、パソコンの中に画像があるかも」

「見たいな」

なんてお願いしてみるけれど、なんだか断られそう。

でも、ダメ元で言ってみるだけなら……。

じっと返答を待つ。

「分かった。今、部屋から持ってくるからここで待ってて」

意外にもあっさりと承諾してくれて、おにいちゃんはリビングを出て行った。

ソファーから立ち上がり、テレビ台に飾ってある写真立てを手に取る。

じっくりと鑑賞していたら、パソコンを抱えたおにいちゃんがリビングに戻って来た。一旦、パソコンをテーブルの上に置くと、おにいちゃんはキッチンの方に向かっていった。

その間に私も写真立てをもとの位置に戻し、ソファーの方へと動き出した。

「パソコンを開く前に、これを受け取ってくれる？」

と、キッチンから戻ってきたおにいちゃんの声が届いた。

「……それ、なぁに？」

彼の手には、ピンクのリボンでラッピングされた小さめの正方形の箱と、それよりもだいぶ大きめの正方形の箱がある。

これは何事かと戸惑いながら、おにいちゃんと箱を交互に見る。

「ひとまず、大きい方から開けてみて」

「うん、分かった」

ソファーに腰を下ろした。そして、言われるがままにリボンをほどき、箱を開ける。

「ケーキ？」

「うん。遅くなってしまったけれど、二十歳の誕生日おめでとう」

「すっごく、かわいい」

ハート型のケーキの上には、バタークリームで作られた白とピンクのバラの花が並んでいて、乙女心をくすぐられる。その中央には、『小春20歳おめでとう』のチョコプレートが載っていて、私のための特別なケーキだ。

まさかこんなサプライズがあるとは、夢にも思ってもみなかった。

うれしすぎて、言葉が出てこない。

「こっちも開けてみて」

コクコクと頷き、小さな箱にも手を伸ばす。

「うわぁ……ありがとう、おにいちゃん」

かわいらしいピンクゴールドの華奢な腕時計が顔を出した。おにいちゃんの方に目をやると、優しいまなざしに心臓を射抜かれた。

ああ、もうこんなサプライズ、反則だよ。

じわじわと喜びがこみ上げてきて、自然と破顔する。

「着けてみたら？」

「うん」

高揚から手が震え、うまく腕時計をつけられない。そんな私に代わり、おにいちゃんが私の腕を取ってつけてくれた。

「とってもかわいい。明日から毎日つけるね」

「気に入ってくれてうれしいよ。今日、食事に誘ったのもここに連れてきたのも、小春の誕生日を祝いたかったからなんだ」

「え？　そうだったの？」

そんな風に思っていてくれていたなんて。

目を丸くしながら見つめ返したら、頭を優しく撫でられた。

「これからも小春の成長を近くで見守らせてね。ずっとこの先も小春が幸せでいられますように」

心地よい温もりが全身に広がっていき、幸福感に満たされていくのが分かった。

「ケーキ、美味しい……」

おにいちゃんが切り分けてくれたケーキをフォークで口に運ぶ。隣に座るおにいちゃんも、なんだかうれしそうにケーキを頬張っている。彼は意外にも甘党なのだ。

今日は、なんて幸せな日なのだろう。

「小春、もっと食べる？」

「うん、食べる」

さっきまでお腹いっぱいだったのに、甘いものは別腹だ。

なによりおにいちゃんの気持ちがうれしいのだ。

「じゃあ、今日は特別に食べさせてあげようかな」

「え？」

「はい、口開けて」

おにいちゃんがケーキを載せたフォークを、私の口元に運んでくる。

今日は、とことんお姫様扱いしてくれるつもりらしい。

トクトクと胸を高鳴らせながら、ケーキを頬張った。

違う意味で、すごく甘い。

「おにいちゃんにも、食べさせてあげる」

そう言って、応戦してみる。

「え？　俺はいいよ」

「食べてほしいな」

上目遣い気味でお願いしたら、おにいちゃんは頬を少し赤く染めながら応じてくれた。

「美味しい？」

「……うん、すごく美味しい」

なんだかそわそわとしているような。

もしかして、照れてる？

こんなおにいちゃんを見られるのは、貴重かも。

思わずスマホを手に取り、カメラを開こうとしたそのときだった。

メッセージが届いた音が響き、画面をタップした。

「今日はすごくツイてるかも」

メッセージを見て、思わずそんな言葉が漏れた。

「ん？　なんかいいことあったの？」

おにいちゃんが私の顔を見つめてくる。

「知り合いから、今年オープン予定のオーシャンビューホテルの招待券をもらえるかも」

口にした瞬間、おにいちゃんの顔が一瞬、強張った気がした。

これはどうしたものかと見つめていたら、彼がやわらかく微笑み直した。

「招待はうれしいだろうけど、小春、海とかあまり得意じゃないだろう？」

ああ、そういうことか。

それであの表情だったのだと、心の中で静かに納得する。

確かに私は極度の水嫌いだ。お風呂に入ったり、顔を洗うなどの日常のことならばなんの支障もないけれど、海やプールなどで顔をつけたり、ましてや泳いだりとなると恐怖心が押し寄せてきて、具合が悪くなってしまうのだ。

その兆候に気づいたのは、小学一年生のときだ。

水泳の授業を受けたときに呼吸がうまくできなくなって、パニックを起こし、先生たちを慌てさせたのを今でも覚えている。その日以降もプールに入ると具合が悪くなり、しばらく心療内科に通っていた時期もあった。

結局、心療内科の先生の助言をきっかけに母と学校側が話し合いをして、水泳の授業だけは、六年間ずっと見学という形になったのだ。そして、中学に上がると水泳の授業はなかったし、日に焼けたくないという思いから海に行くこともなく、今に至る。

楓花や茉奈は私が水嫌いだと知っているので、絶対に私をそういう場に誘わない。

でも、大学の友達がサークル仲間と海でバーベキューやキャンプをしたり、水着を着て楽しそうに泳いでいたりする姿をＳＮＳにアップしているのを見る度に、私もこんな風に過ごしてみたいと思うようになった。

「みんなと海でバーベキューとか憧れるんだよね。私ももう大人だし、水嫌いを克服できたらいいなって思ってたりするんだ」

「まぁ、それはおいおいだね。無理しなくてもいいんじゃない？　発作が起きたら心配だし。あ、それよりも、さっきの約束はいつ果たしてくれるの？」

「約束？」

話題が逸れ、意識がそっちに持っていかれた。

「料理を作ってくれるってやつ」

冗談で言っているのかとも思っていたけれど、どうやら本気だったらしい。

「じゃあ今度、おにいちゃんが家に帰ってきたときにでも」

「ここで作ってほしいな。そのとき、俺にも料理を教えてほしい。実家だと父さんの茶々が入りそうで、集中できないそうにないから」

ああ、確かに。

言われてみれば、そうかも。

ふたりきりで料理……そこが少し気になってはいるけれど、今日も約束どおり変に揶揄ってこないし、警戒する必要もないか。

なにより、素敵なサプライズを用意してくれたおにいちゃんにお返しがしたい。

「分かった。いいよ」

「ありがとう。じゃあ、さっそく……」

おにいちゃんがスマホを手に取り、スケジュールツールを見始めた。

「気が早すぎだよ」

「小春の気が変わらないうちに、決めておかないと」

昔、私が遊園地に行きたいと話したときも、すぐにその日程を決めて連れて行ってくれようとしたっけ。

こういう即行動のところも変わらないなぁ。

思わず笑ってしまった。

「どうかした？」

「ううん。なんでもない」

「そっか。来週の日曜、空いてる？」

なにがなんでも、今日中に予定を決めたいらしい。そんなおにいちゃんに流され、スマホのスケジュールを開いた。

「うん。空いてる」

「じゃあ、そこで決まりだね」

おにいちゃんがうれしそうに頬を緩ませながら、私の頭を再び優しく撫でた。


金曜の夜、私は楓花とともに茉奈の家にいた。久しぶりに三人で集まれたので、たこ焼きパーティーをして、そのままお泊まり会をする予定になっている。

彼女の家に着くと、茉奈のお母さんがいつものように笑顔で迎えてくれ、すぐに茉奈が階段から下りてきた。ご両親はこれから外にご飯を食べに行くらしく、彼らを見送ってからタコパの準備に取り掛かり始めた。

「小春と楓花で材料を切ってもらえる？　私、タネを作って、たこ焼き器の準備をするから」

「おっけー」

楓花と声が重なった。

長年一緒にいるから、息もぴったりだ。

「私、キャベツ切るね。楓花は具材をお願い」

「了解。それにしても、たこよりキムチやらウインナーの方が多くて、もはや、たこ焼きじゃないよね」

楓花がウインナーを包丁で刻みながら、ケラケラと笑う。

「だね。でも、チーズとキムチの組み合わせは外せない」

「うんうん。美味しいもんね」

何度か三人でタコパをするうちに具材が増えていき、今はこんな感じになっている。

三十分ほどで、ひと通り準備ができたので、ダイニングテーブルを囲み、たこ焼きを作り始めた。

「もはや茉奈、焼くのプロだね」

「ほんと、それ。くるくる回すのうますぎ」

「うふふ。たこ焼き屋さんでバイトしようかな」

どや顔を見せる茶目っ気たっぷりの茉奈を見て、口元を緩ませながら楓花と目を合わせた。

他愛もない話をしていたら、たこ焼きがいい感じに焼き上がった。茉奈のゴーサインが出てから、一斉に熱々のたこ焼きを竹串で皿に取り始めた。

「ふわとろで、おいひい～」

「とろーりチーズがたまらないね～」

すごく美味しくて、自然とたこ焼きを口に運ぶペースが上がる。それとともに、お酒も進む。

「そういえば、大輝さんにお誕生日のお祝いしてもらった？」

茉奈の何気ないひと言に、ふたりの視線が私に集中する。

「この前おにいちゃんの家に遊びに行ったときにお祝いしてもらって、この腕時計をもらったよ」

「そうだったんだ。小春、今、めちゃめちゃ幸せオーラが出てる。家に行ったなんてずいぶん、急展開じゃない！」

茉奈の興奮気味の声が、私の鼓膜を震わせた。

平静を装って答えたつもりだったけれど、どうやら思いきり表情に出てしまっていたらしい。頬が上気していく。

「それにしても大輝さん、粋なサプライズするね。また惚れ直した？」

楓花も私の顔を覗き込み、にんまりと笑う。

どうやら私に逃げ場はないみたい。

とっさに皿の上のたこ焼きに竹串を伸ばし、口に放り込んだ。

「やっぱり、大輝さんの過保護っぷりは健在だね」

「うんうん。小春がかわいくて仕方ないんだよ」

「次回あたり、ついに告白されたりするかもね？」

「それもあり得る！　そして、そのままベッドで甘い夜を過ごしてとか？」

もぐもぐと口を動かす私の前で繰り広げられる、ふたりの妄想にたじたじだ。

確かにおにいちゃんの思わせぶりな態度を見ていると、私に好意を抱いてくれているのかな……なんて思ってしまいそうになる。でも、私を揶揄うのは、昔からよくあったことだし。

そもそも今、彼女いるのかな？

ふとそんな疑問が頭を過り、別の意味で落ち着かなくなってきた。とっさに缶ビールを手に取り、体内に流し込んだ。

「で、次、いつ大輝さんのお家に行くの？」

茉奈の言葉にハッとして我に返り、そちらに意識を向ける。

「え？　明後日だけど……」

「じゃあ、そのまま押し切って告白しちゃいなよ」

またまた無理難題を言われ、睫毛を瞬かせた。

「でも、彼女とかいるかもしれないし」

「確かに大輝さんモテるもんね。そこは確認しておいた方がいいかも。次、会うときに、さりげなく探りをいれてみたら？」

しばらく静観していた楓花が口を開いた。

「さりげなく探り……か」

「うん。大輝さん本人に聞くのが一番だけど、それができないときは……部屋に女物がないかチェックするの。洗面室の歯ブラシとかコスメとか、やっぱりそういうところに、女の痕跡が残ってると思う」

楓花の提案に、その手があったかと妙に納得して頷く。

「まぁ、その痕跡が見えなかったら、お酒の力を借りて勝負したら？」

今度は、茉奈の助言が飛んできた。

ふたりのアドバイスはまさに対照的で、私の心はさっきからずっと騒々しい。

「お酒が入ると大胆になれるから、迫ってみたらいいんじゃない？」

「そ、そんなの無理だよ」

思いきり首を横に振ると、茉奈がクスクスと笑いながら私の頬に手を置いた。

「これは痕跡が見えなかったときの最終手段。まぁ、大輝さんは小春しか見えてない感じだから、彼女はいないと思うけどね」

臆病な私は、お酒の力を借りても大胆に迫れる自信がない。

それに今さら支離滅裂《しりめつれつ》なことを言うけれど、家族の幸せを考えたら、この思いは胸にしまい込んだまま、ずっと妹ポジションでいた方がいいのだと痛いくらいに分かっている。

だから、過度な期待はしない。

これ以上、欲張りになってはダメだと必死に自分自身に言い聞かせてみても、決壊したダムのように、もうこの思いは止められそうにない。

交錯する欲望

「玉ねぎとパン粉、取ってきたよ。あとは、なにが必要？」

「えっと、ウスターソースとケチャップ……あとサラダ用の野菜かな」

「了解。じゃあ、ひとまず調味料売り場に行こうか」

日曜の午前十時過ぎ。おにいちゃんが車で実家まで迎えに来てくれた。そのまま彼の家の近くにあるスーパーに向かい、料理の材料を買い出し中だ。

このお店はショッピングモールの一角にあるので、休日の今日は、たくさんの親子連れで賑わっている。

カートを引くおにいちゃんの横を並んで歩く。

傍《はた》からはカップルに見えるのかな。そう考えたら、自然と頬が緩んでしまうのは仕方がないと思う。

自分の気持ちを伝えなくても一緒にいられるのなら、こんなに最高なことはない。

もっといえば、おにいちゃんの特別でありたい。

そんなズルい考えが、頭をよぎったりもする。

「せっかくだから、食後のデザートも買っていかない？」

ひと通り買い出しを済ませ駐車場に向かって歩き出した矢先、おにいちゃんがそう言って立ち止まった。

「うん。おにいちゃん、なにが食べたい？」

「そうだなぁ……。プリンとか？　あ、ケーキやチョコレートもいいな」

甘党なのに、おにいちゃんは全然太らないし、スタイル抜群だからうらやましい限り。

「ねぇ、小春。あそこのお店とかどう？」

おにいちゃんが、モール内にあるケーキ屋を指さす。

「あのお店のプリン美味しいよね。久しぶりに食べたいかも」

「じゃあ決まりだね。行こう」

ふたりでケーキ屋に向かい出した。

「……大輝？」

その途中、驚いたような女性の声が前方から聞こえた。ふいにそちらを向く。

今、おにいちゃんの名前を呼んだよね？

知り合いなのかな？

声をかけてきたのは、身長が百七十センチ近くある、色白な女性だ。鼻筋が通っていて、切れ長で涼しげな瞳が印象的な美人さん。背中まである艶やかなロングの黒髪を靡かせながら、穏やかに微笑んでいる。

「和葉《かずは》じゃないか。久しぶりだね」

おにいちゃんも微笑みながらそう返したことで、ふたりが知り合いなのだと察した。しかも、互いを呼び捨てで呼び合うあたり、かなり親しい間柄なのかも。

まさか元カノとか？

そんな憶測が頭に浮かび、急にそわそわとしだしてしまった。

「こっちに戻ってきたとは父から聞いていたけど、元気そうね」

彼女が足早にこちらにやってきて、おにいちゃんを見つめる。

どこかうれしそうに見えるのは、私の気のせいかな？

しばらくふたりのやり取りを静観していたら、ふと、過去に彼女とどこかで会ったことがあるような気がし始めた。

どこで会ったんだっけ？

いや、誰かに似ているだけかも。

いろんな思いが巡っていて、冷静に考える余裕がない。

ちょっとでも気を抜いたら、顔に負の感情が出てしまいそうな勢いだ。でも、それを悟られまいと必死に口角を上げてみる。

「和葉も元気そうだね」

「まぁね。今、救急外来にいるから、けっこうバタバタしていて大変。大輝も今、救急医をしているんでしょう？」

「ああ。お互いあんまり無理しないようにやろう。なにより体が資本だから」

「そうね。私もほどほどに頑張るわ」

和葉さんの頬が、心なしか桜色に染まっている。私は鈍い方かもしれないけれど、なんとなく彼女の思いを悟ってしまった。なんともいえない不安に襲われ始めている。

次の瞬間、おにいちゃんを見つめていた瞳が私に移り、ドキッとした。

反射的に笑みを浮かべ、会釈を返す。すると、おにいちゃんが私を紹介してくれた。

「彼女は義妹《いもうと》の小春。で、こちらは、大学時代の友人の本荘《ほんじょう》和葉だ」

……大学時代の友人。

それを知り安心したことは、私の胸の中だけに留めておこう。

「ああ、義妹さん。初めまして、本荘です」

「初めまして、小春です」

……本荘和葉さん。

やはりフルネームを聞いても、ピンとはこない。

過去に会った気がしたのは、やっぱり気のせいなのかな。

「こんなにかわいらしい義妹さんがいたら、気が気じゃないわね。大輝って過保護だから、きっといろいろ大変なんじゃない？」

「えっと、その……。ははっ……」

苦笑いを浮かべるしかない私の前で、和葉さんがどこかほっとしたような表情を浮かべる。先ほどより饒舌になったのは、私が彼女ではなく、義妹だと知ったからなのかも。そう思うと、心は複雑だ。

おにいちゃんも気を許している感じだし、医学部の同期で彼女も医師をしているようだから、分かり合えることがたくさんあるのかもしれない。

きっと彼女は、私が知らないおにいちゃんの顔をたくさん知っているのだろう。

「俺の大切な人を困らせないでくれる？　義兄《あに》として、かわいい義妹が道を外さないように見守るのは当然だよ」

『義兄として、かわいい義妹が道を外さないように見守る』

その言葉に胸が疼く。

浮かれて勘違いしそうになっていたけれど、彼が優しいのは私が義妹だから。

それ以上でも、それ以下でもないのだ。

その事実を思わぬ形で突きつけられ、ちょっとブルー。いや、かなり重症かもしれない。

「はいはい。失礼しました。せっかくの義妹さんとのデートを邪魔して悪かったわ。そろそろ行くわね。そのうち連絡する」

「ああ。じゃあな」

胸の疼きを感じながら、遠くなる本荘さんの背中を見つめていた。

内を駆け巡るこの感情は、嫉妬に他ならない。

でも、おにいちゃんには絶対に知られたくない。こんな私にも、プライドがあるのだ。

「小春、行こうか？」

「うん、行こう！　すごくプリン楽しみ」

何事もなかったように笑い、彼を見上げる。

だけど、ケーキ屋に向かう足取りは、鉛がついているんじゃないかって思うくらいに重かった。

「……小春？　聞いてる？」

「え？」

「次、なにをすればいい？」

「あ、じゃあ……玉ねぎを炒めてほしい」

＊＊＊

「分かった」

チラチラと小春を横目で見ながら、フライパンに手を伸ばす。プリンを買って家に戻ってきたが、どうも彼女の様子がおかしい。

心ここにあらずといった感じで、ずっと考え事をしているように思える。

なにかあったのだろうか。

「小春、どうかしたのか？」

「え？」

彼女が驚いたようにこちらを向き、瞳を揺らす。

「なんかスーパーの帰りあたりから、ずっと思いつめたような顔をしてるから。もしかして、体調でも悪い？」

「……ううん。元気だよ」

「そう？　ならいいんだけど」

俺の気のせいだったのかと、再びフライパンに視線を落とす。

「あ、おにいちゃん！　強火だとバターが焦げちゃう。中火ぐらいにして」

小春にＩＨの火力を弱くするように言われ、慌ててボタンを押した。

「玉ねぎを炒めてあめ色になったら、火を止めて一旦冷ますんだよ」

「了解。一気にいれていいの？」

「うん」

先ほどまでとは見違えるように、小春がてきぱきと指示を出し始めた。普段どおりの彼女に戻ったことにほっとしつつ、玉ねぎをフライパンへと流し込んだ。

今日のメインは、俺の大好物のハンバーグだ。それに合わせて、小春がサラダやスープ、副菜などのサイドメニューを考えてくれた。

彼女と一緒に過ごす時間は、あっという間に過ぎていく。

苦手な料理も楽しいと感じてしまうくらい、彼女の存在は俺にとって光のように尊いもの。

「いい匂いだ」

「うん、そうだね。ハンバーグも綺麗に焼けたし、スープとサラダ、きんぴらごぼうもできたから……あとは、ハンバーグに使うソースかな。フライパンに残った肉汁に、ウスターソースとケチャップとバター、最後にお酒をいれて煮詰めてね」

「了解」

小春が食器棚の方に向かい、あれこれと食器を選び出した。

とにかくエプロン姿がかわいくて、後ろから抱きしめたい衝動に駆られる。

料理上手で家庭的な小春は、いい奥さんになるだろう。

毎日彼女が家で待っていてくれたら、きっと仕事の疲れも吹っ飛ぶに違いない。

つい頭の中の妄想が加速する。

「小春がこんな風に料理を教えてくれたら、俺もすぐに料理が上達しそうだな」

「そう？」

「うん。いっそのこと、小春もここに住めばいいのに」

「え？」

「……ほら、大学もここからの方が近いだろ？」

困惑を滲ませた瞳を向けられ、もっともらしい理由をつけて言い訳してみる。

「それはそうだけど……」

小春は、なにか言いたげだ。

そわそわしながら、手に持つ茶碗に視線を落とした。

「なにか思うことがあるなら、言ってほしいな」

なかなか小春が答えようとしないから、しまいには自分から急かす始末だ。

「……ここに住んだら、おにいちゃんの迷惑になりそうで」

迷惑？

小春の考えていることが分からず、首を傾げながら見つめる。

「迷惑なわけないよ。むしろ小春と一緒にいられたら、俺はうれしいんだけどな」

ＩＨの切ボタンを押してから、そっと彼女に近づいた。

「おにいちゃんに彼女さんがいたら……私がここにいると、迷惑だと思ったの」

小春が気まずげに見上げてくる。

俺に彼女がいると思っていたとは。

これでもけっこう、小春に好きアピールしていたつもりなんだけどな。まったく気持ちが伝わっていなかったようだ。

思わず天を仰ぐ。

「彼女なんていないよ。だから変な気を遣わなくていい」

真っ直ぐに小春の瞳を見つめ、そうつぶやく。すると、彼女はわずかに口元を緩ませ、頷いてみせた。

答えを聞いて、どこか安堵の表情を浮かべているように見えるのは、気のせいだろうか。

義兄として慕われているのか、ひとりの男として見てくれているのか。

できれば、後者であってほしいと願わずにはいられなかった。

＊　＊　＊

おにいちゃんが東京から戻ってきてから、月日が過ぎるのがすごく早く感じている。

気づけば前期の講義がすべて終了し、学生である私は夏休みに突入した。

あれから何度かおにいちゃんの家で料理を一緒に作ったり、ドライブに連れて行ってもらったり、おにいちゃんとは仲良くやっている。

和葉さんのことは少し気がかりではあるけれど、冷静になって考えてみたら、おにいちゃんにも女友達のひとりやふたりいるわけで。そこまで干渉するのはいかがなものかと思った。おにいちゃんに彼女がいないと分かっただけで大収穫だと、自分自身を納得させている。

それにしても、今日も朝から暑い。

最近は、毎日、気温が三十五度を優に超え、夏バテ気味だったりする。

今日はしっかり水分補給をして、日焼け対策もしなくては。

実は、今から高校三年のときのクラスの同級会があり、海辺でバーベキューをすることになっている。もうじき友人が車で家に迎えに来てくれるので、準備のピッチを上げたいところ。

カーテン越しに外の様子を窺う。今日も雲ひとつない真っ青な空が広がっており、太陽にじりじりと照らされたアスファルトには、もやがかかっている。

なにを着ていこうか。

クローゼットの中の服を眺めること数秒。半そでの白Tシャツに薄手のグレーのパーカーを羽織り、デニムのショートパンツを合わせることにした。

「小春～、美奈《みな》ちゃんたちが迎えに来てくれたわよ」

「はーい。今、行く！」

準備がひと通り整った頃、階段下から母の声が聞こえ、慌てて階段を駆け下りた。

「小春、おはよ。久しぶり」

「おはよう。元気でやってた？」

「うん。小春も元気そうでなにより」

玄関先に向かうと、母と談笑していた美奈と舞《まい》がいた。彼女たちとは、千紗ちゃんと疎遠になってからクラスで一緒にいるようになった。その後、二年、三年のクラスも一緒だったので、卒業まで行動を共にしていた。

ふたりは高校卒業後、県外の大学に進学したので頻繁には会えていないけれど、今も連絡を取り合っている。

「同級会、楽しんで来てね。いってらっしゃい」

「うん。いってきます！」

しばらく談笑してから、家を出ようとしたそのときだった。

玄関のドアが開き、ひとりの人物が顔を出した。

「……おにいちゃん」

まさかのタイミング。

戸惑う私の瞳には、黒のスキニーに白の半そでシャツというラフな格好の彼の姿が映る。

「あ、大輝さんだ」

「お久しぶりです」

「久しぶりだね」

ふたりとも高校時代に、私の家に遊びに来たことがあるので、おにいちゃんとも顔見知りだ。

「義母さん、これ。知り合いにもらったんだけど、ひとりじゃ食べられそうにないから持ってきた」

「あら、ありがとう」

「あとでキッチンに運ぶよ」

おにいちゃんが手に抱えていたスイカを一旦、床に置き、こちらを振り向いた。

「三人でどこかに行くの？」

穏やかな瞳が私を捉える。

「あっ、えっと……同級会に行くの」

「そっか。楽しんできてね」

「……うん」

精いっぱいの笑みを浮かべ頷く。だけど、おにいちゃんの目を真っ直ぐに見られなくて、とっさに足元のサンダルに視線を落とした。

「じ、じゃあ、そろそろ行くね。コンビニに寄っていくから、早めに出ようと思って……」

そそくさと家を出て、車の後部座席に舞とともに乗り込んだ。美奈がエンジンをかけ車がゆっくりと動き出す中、窓越しに玄関の様子を窺う。

なんだか悪いことをしている気分だ。

極度に水嫌いの私が、海の近くに行くと家族が知ったら、すごく心配するだろう。へたしたら、行くことを反対されかねない。だから、誰にも伝えていない。

あれ以上、玄関で話していたら、おにいちゃんに勘づかれるかもしれないと思い、慌てて切り上げたのだ。

私だってもういい大人なのだから、自分の選択にちゃんと責任を持てる。いつか気兼ねなく楓花たちと海に行き、一緒に海水浴を楽しみたい。

だから今日は、その夢への一歩。といっても、海辺に行くだけで、直接、海に入る予定はないけれども。

久しぶりにみんなで集まるのに、具合が悪くなって迷惑をかけるのは申し訳ないから、ひとまずリハビリ程度に足をつけるくらいかなと考えている。

「小春、どうしてさっき慌ててたの？」

近くのコンビニの駐車場に車を停めると、美奈が聞いてきた。

「いや、別に。なんでもないよ」

「そう？　ならひとまずコンビニの中に入ろう。暑すぎてバテそう」

車を降り、店の方へと足を進めていく。

「このくらいでバテてたら、バーベキュー中もたないよ」

「それは別だよ。肉をがっつり食べれば凌げるから」

「美奈ってば、相変わらず食いしん坊だね」

舞がケラケラと笑い、私たちの手を取って歩き出した。

「そういえば今日、水着、持ってきた？」

舞に話を振られ、一瞬、押し黙ってしまった。

「私、この前買ったビキニ持ってきた！」

美奈がそう即答した横で、ちょっぴり戸惑い気味だ。

「小春は？」

「えっと……私は生理で入れないから、持ってきてない」

「そうなんだ。残念だね。せっかくの海水浴日和なのに」

「でも、バーベキューは楽しめるし、たくさん飲んで食べようね」

「うん、そのつもり」

ふたりの目を交互に見ながら、頷いてみせた。

 彼女たちは、私が水嫌いだとは知らない。高校では水泳の授業がなかったので、カミングアウトするタイミングがなかったのだ。

もしも、ふたりが私の発作を知っていたら、全力で海に行くのを反対したと思う。

コンビニで買い物を済ませ、バーベキュー場に向かう車内は、ずっと賑やかだ。みんなでK―POPアイドルの曲を熱唱していたら、あっという間に目的地へと着いていた。

車から降りると、潮の匂いが鼻を掠めた。

海に来ることに緊張していたが、懐かしい面々を目にしたら自然と頬が緩む。

「小春、久しぶり！」

「あ、なっちゃんだ。髪、金髪になってるし」

「イメチェンってやつ。どう、似合う？」

「とっても似合ってる」

高校三年のときのクラスは、団結力のあるクラスだった。運動会や合唱コンクールなど、その年のほとんどのイベントで優勝したことは、本当に大切な思い出だ。とても仲がよかったので、卒業してからもけっこうな頻度で同級会を開いていて、参加率もかなりいい。卒業を機にいろんなところに散らばったけれど、こんな風に集まったら話が盛り上がり尽きることはない。

「私たち、カレーの具材を切るね」

しばらく談笑してから、美奈と舞と炊事場に移動した。

濡れるのが嫌なので、腕時計を外す。それをカウンターの上に置いてから、じゃがいもを洗い始めた。

ふいに辺りを見渡す。

家族連れや若い男女のグループなど、たくさんの人がいて、バーベキューを楽しんでいる様子だ。あちらこちらから楽しげな笑い声が聞こえてくる。海が隣にあるので、水着の人も多い。

さて、人間観察はこのくらいにしてカレーを作りますか。

「その腕時計、かわいいね」

隣で作業を始めた舞が、カウンター端に置いた時計に気づき、声をかけてきた。

「誕生日プレゼントで、おにいちゃんからもらったんだ」

平静を装って、言葉を返す。

「そうなの？　相変わらず優しくて素敵なおにいちゃんだね」

「大切にされている小春がうらやましいよ」

すぐに美奈も会話に入ってきた。

彼女たちは私の思いを知らないが、おにいちゃんが私に対して過保護であるのは、高校のときからひしひしと感じていたみたい。よくふたりに揶揄われていたことを思い出した。

「小春ってば、照れててかわいい」

「こんな素直なところが、きっと大輝さんの心をくすぐるんだろうね」

「話に夢中になって、全然作業が進んでないよ～。ほら、急ごう」

ふたりの注意を野菜に向け、私自身も黙々と野菜を切り始めること数十分あまり。

「切った野菜、火起こししてる男子のところに持ってくね」

「私もカレーのお肉がどこにあるか、買い出し班に聞いてくる」

「分かった。いってらっしゃい」

美奈と舞がその場を離れたことで、突如、静寂が訪れた。

野菜の切りくずを片づけ、一旦、まな板を洗おうと蛇口を捻ったその矢先のこと。

「隣、空いてます？」

「あ、はい。どうぞ」

若い女性の声がして、反射的にそちらを向いた。

目に飛び込んできた人物を見て、ハッと息を呑む。

「……千紗ちゃん」

我知らず顔が強張っていく。

「まさかこんなところで会うなんてね」

彼女が静かに溜め息を吐く。そして、隣で作業を始めた。

「……そっちはメンバー的に高校の同級会？」

「……あ、うん。……千紗ちゃんは？」

「私は大学のサークルの集まり」

千紗ちゃんも、地元の大学に進学してたのか。

彼女と話すのは、高一のとき以来。二年のクラス替えで違うクラスになってから、卒業まで一切関わる機会がなかったのだ。

「そうなんだ」

「てか、そんな嫌な顔をされたら不愉快なんだけど」

怪訝なまなざしを向けられ、再びその場に沈黙が落ちた。

チラチラと様子を窺っていたら、千紗ちゃんから漂う甘い香水の香りがふわっと鼻を掠めた。久しぶりに会った彼女は、高校時代よりも落ち着いたナチュラルメイクだ。肩甲骨あたりまである、ダークブラウンの髪の毛を緩く巻いている。また、黒のタンクトップに白のショートパンツという体のラインを強調するような服装で、相変わらずスラッとしていて、スタイルがいい。

それにしても、どうしてわざわざ声をかけてきたのだろう。見て見ぬ振りもできただろうに。

この場を離れたいけれど、あからさまにそんな行動をするのも気が引け、動けずにいる。

そんな中、千紗ちゃんと一緒に来ていると思われるグループの人たちが千紗ちゃんに声をかけてきた。千紗ちゃんと似た雰囲気のいまどきのキラキラ女子だ。

しばらくすると、彼女たちは先に砂浜の方に戻っていった。

「……小春、大輝さんと付き合ってるの？」

遠くなる彼女たちの背中をぼんやりと見つめていたら、千紗ちゃんからまさかの質問が飛んできた。

ふいに横を向く。

「さっきふたりに揶揄われていたじゃない。小春、顔を真っ赤にして、まんざらでもないように見えたから」

彼女が不機嫌そうに眉を顰める。

どうやらさっきの私たちのやり取りを聞いていたようだ。いったいどのあたりから私に気づいていたのだろう。胸の騒めきを感じずにはいられない。

「……付き合ってないよ」

余計な情報は言わず、簡潔に伝えることにした。

「ふーん。じゃあ、一方的に小春が勘違いをして、大輝さんに執着してるってわけ？時計をもらったくらいで浮かれて、本当に単純ね」

……そのやり取りも全部、聞かれていたのか。

プライドが高い彼女だからこそ、私たちの会話に気分を害し、こんな風に嫌味を言ってくるのだろう。

「まぁ、あの大輝さんが小春みたいな子供っぽい子を相手にするわけないっか。そもそも、あなたたち義兄妹だしね。付き合っていたら、世間的には印象がよくないし、気持ち悪いもの」

思わず体を硬直させた。痛みがじわじわと心を浸食していく。

確かに世間的には、千紗ちゃんみたいな感覚を抱く人が多いのかもしれない。両親だって、きっといい気がしないはず。

冷たい現実を突きつけられ、急に目の前が暗くなっていく気がした。

「小春～！」

と、遠くから名前を呼ばれ、ハッと我に返った。声のする方を向いたら、こちらに走ってくる舞の姿があった。

「どうかしたの？」

炊事場までやってきた舞にそう問いかける。

「小春に電話しても繋がらないから伝えに来たの。カレーのお肉はもう切り終わってたみたいで、焼き場にあるの。だから、小春もこっちに戻ってきて」

あれ？　スマホ鳴ったっけ？

とっさにパーカーのポケットに手を突っ込むが、スマホがないことに気づいた。

そういえば、家の玄関で話に夢中になって、スマホを棚の上に置いたような気がする。どうやらそのまま忘れてきたみたいだ。

「ごめん。家の玄関にスマホを置き忘れてきちゃったみたい。ここの片づけを終わらせたら行くから、先に戻ってて」

「分かった。じゃあ先に行ってるね」

舞は、用件を言うだけ言って、すぐに立ち去ってしまった。千紗ちゃんにも気づいていないようだ。私も釣られるように、そそくさとみんなのところに戻る準備を始めた。

「……私、戻るね」

この場から去る口実ができ、内心ほっとしている。

「あら、そう。〝戻る〟じゃなく、〝逃げる〟の方が正しいんじゃない？」

千紗ちゃんは、最後の最後まで意地悪だった。

聞こえないふりをして、私は足早に背を向けて歩き出した。

「肉と焼きそばが焼けたみたいだから、カレーができるまでの間、食べちゃおう。これ、小春の分ね」

千紗ちゃんとの一件でかなり気持ちが落ち込んでいた。でも、舞たちが優しい笑顔で迎えてくれて、少しだけ気持ちが軽くなった気がする。

「ありがとう」

皿を受け取った瞬間、ふいに左手首を見てハッとした。

……腕時計を忘れてきてしまった。

動揺して、すっかり時計のことが頭から抜け落ちていた。

急に冷や汗が吹き出す。

「小春、どうかした？」

異変を感じ取った美奈が、心配そうに私の顔を覗き込んでくる。

「炊事場に腕時計を忘れてきちゃったみたい」

「えー！　早く取ってきなよ」

「うん。先に食べてて」

走って炊事場に戻ると、千紗ちゃんの姿がなくなっていた。安堵感を覚えながら、さっきまで作業していた場所に足を進めていく。

「え？　ない……」

カウンターの上に置いたはずの腕時計が見当たらない。

慌てて辺りを見て回る。

ここを離れてから、たった数分しか経っていないのに。

もしかして……。

ふと、千紗ちゃんの顔が頭に浮かんだ。

彼女は私たちのやり取りを聞いていた。あそこに私が腕時計を置いたのも見ていた可能性がある。そうでなかったとしても、私が去ったあとにあそこに誰かが来たとしたら、千紗ちゃんに聞いたら分かるかもしれない。

とにかく話を聞いてみようと、砂浜の方へと走り出した。

さっき千紗ちゃんのグループの子たちが、こっち方面に向かって歩いていったのを思い出したのだ。

どんどん足を進めていく。

目の前に海が広がり、突如、こみ上げてくる恐怖心に思わず顔を強張らせた。

……あまりここには、いたくない。

そう感じながらも、必死に彼女の姿を探す。

「あっ！」

と、ビーチの端の岩場の上で、海を見つめる千紗ちゃんを見つけ、急いで駆け寄った。

「千紗ちゃん！」

彼女が明らかに動揺を見せ、とっさにポケットになにかをしまい込んだのが見えた。

「聞きたいことがあるの」

「なによ？」

「私の腕時計、知らない？」

「……知らないわよ」

「本当に？」

「いい加減にしてよ！　そもそも炊事場に忘れていった小春が悪いんじゃない。自業自得よ」

「私、あそこに置き忘れたとはひと言も言ってないよ」

千紗ちゃんの顔がみるみる赤く染まっていく。それからすぐに、私を睨みつけてきた。

「人の揚げ足を取って楽しい？　あのとき私の気持ちには応えてくれなかったくせに、小春は大輝さんに大切にされてて本当にムカつく」

声を荒らげた彼女が、盛大に溜め息を吐いた。

高校のとき、千紗ちゃんに文句を言われても、なにも言い返さないまま、うやむやにしてしまった。

今日ここで千紗ちゃんに会ったのは、運命なのかもしれない。

「高校のとき、千紗ちゃんが声をかけてくれて私、うれしかったんだ。だけど、千紗ちゃんは、私のおにいちゃんに近づきたくて、私に声をかけてきたんだよね？　私のこと……本当は嫌いだったんだよね？」

千紗ちゃんが一瞬、目を大きく見開いた。

「……分かってたのね。で、自分は、被害者だって言いたいの？」

彼女がさらに眉根を寄せ、腕を組みながら真っ直ぐに見つめてくる。

「違うよ。最初は嫌われているのが悲しくて、千紗ちゃんを避けた。でも、途中から……私自身がおにいちゃんを好きって気づいて、誰にも渡したくないって思った。だから、あのとき千紗ちゃんの気持ちに応えられなかった。本当にごめんなさい」

「なによ、それ……」

私を見つめる瞳には、明らかに困惑の色が滲んでいる。

「千紗ちゃんが言うように世間体を考えたら、この気持ちはマイナスでしかないんだと思う。でも、思うだけは自由だから。私にとってあの時計は大切なものなの。だから、返してほしい」

そう言い放つと、彼女は視線を逸らし押し黙った。

「あっそ。気持ちが重すぎて引くんだけど。そんなに返してほしいなら、返してあげるわよ！」

重たい沈黙が流れたあと、千紗ちゃんが思わぬ行動に出たことに一瞬、頭の中が真っ白になって固まってしまった。

彼女が海に向かい、なにかを投げたのだ。

水面に落ちたそれが、チャポンと音を立てた。

「大切なものなんでしょう？　流される前に探しに行けば？」

「どうして、こんなこと……」

「ただ返しただけじゃ、私の気が済まないから」

一度もつれた糸は、簡単にはもとには戻らないと痛烈に実感する。きっと千紗ちゃんとは、一生、分かり合えないのかもしれない。

今は、とにかく腕時計を……。

気づけば、海に向かって走り出していた。

ぬらりぬらりと足にまとわりつく水の感覚が気持ち悪くて、恐怖心をもたらしてくる。それでも、大丈夫だと必死に自分自身に言い聞かせ、腕時計を探し続ける。

息が上がって苦しく感じるのは、全速力で走ったせい？

いや、違う。

遠い昔の水泳の授業での出来事が頭を過った。

あのときの感覚によく似ている。

これは……発作だ。

体が震え、呼吸がうまくできない。

「必死になってバカみたい。本物はこっちに……」

千紗ちゃんがなにかを言っているが、遠すぎてよく聞こえない。急に視界がぐらりと揺れ、倒れ込むようにその場に膝をついた。

「小春、なにふざけて……」

ジャブジャブと音を立てながら、誰かが私のもとにやってくる気配がした。

「なにやってるのよ!」

おもむろに見上げる。

そこには、焦りに満ちた表情を浮かべる千紗ちゃんがいた。必死に私の腕を引っ張り上げようとしてくれている。

「だ、誰か助けて! この子、様子がおかしいの!」

大丈夫だと言いたいけれど、言葉が出てこない。

息がうまくできなくて、瞼も重くなってきたように思える。

私、どうなっちゃ、うんだろう……。

「小春！」

あ、れ？

この、声は……。

いや、まさか。

そんなはず……はないよね。

だってここに……いるはずないもの。

意識を失う寸前、ひだまりのような香りが鼻を掠め、それに安堵するように黒い闇に呑み込まれていった。

＊＊＊

「小春たち、どこで同級会をするって言ってた？」

「確か秋保《あきう》のロッジだったはず。どうしてそんなことを聞くの？」

「ほら、これ。忘れていったみたい。追っかけて届けてあげようかと」

玄関の棚の上に置いてあった小春のスマホを手に取った。

それにしても、彼女はどうしてあんなに挙動不審だったのだろう。視線をまともに合わせてくれなかった。

小春も大人なのだから、過度な干渉はよくないと分かっている。でも、スマホを届ける体であれば、不自然ではないだろう。そんなもっともらしい理由をつけてみる。

コンビニに寄ると言っていたし、今すぐ追いかければまだ間に合うかも。

「あら、まぁ。小春ってば、本当に抜けてるんだから。誰に似たのかしらね？」

きっと義母さんだと思う。容姿だけじゃなく、天然なところもそっくりだよ、と声にできないその思いを心の中でつぶやいてみる。

「きっと私に似たのね」

苦笑いを浮かべる義母さんと視線が絡まる。どうやら義母さんにも、その自覚があったようだ。

「じゃあ、ちょっと行ってくる」

「わざわざありがとう。よろしくね」

家を出て、車に乗り込んだ。

コンビニはきっと、いつものところだろうな。

家の一番近くにあるコンビニを目指し、車を走らせ始めた。

と、ちょうどコンビニが視界に入った頃、店から袋を抱えた小春たちが出てきて車に乗り込むのが見えた。

気づけば、車で小春たちのあとを追っていた。

さすがにやりすぎだと、自分でも分かっている。やっぱり引き返そうと決断し、車線を変更しようとしたそのときだった。

小春たちが乗る車が、義母さんに聞いた場所とは反対方面に向かい出したことに気づいた。

様子を窺いながらあとをつけていくと、車はある場所に入っていった。

どうして、ここに……。

たどり着いたのは、海辺にあるバーベキュー場だった。

三人が車を降り、荷物を持ちながら歩き出すのが見えた。

どうやらここが、本当の目的地だったらしい。

小春は、あれだけ海やプールに行くのを避けていたのに。

心境の変化、か。

俺の家に初めて来た日の小春の発言を思い出していた。

『みんなと海でバーベキューとか憧れるんだよね。私ももう大人だし、水嫌いを克服できたらいいなって思ってたりするんだ』

あれは本気だったようだ。

俺や義母さんに本当のことを言ったら、反対されると思ったのだろう。

小春は罪悪感を覚え、あんな風にそわそわしていたのだと合点がいった。

確かに義母さんがこの事実を知ったら、卒倒するに違いない。義母は、小春が前に進もうとしていることが怖いのだ。

それは俺も、そして、父さんも少なからず心の中で思っていること。

小春には心穏やかでいてほしい。

だけど、俺たちの思いとは裏腹に、前に進もうとするのは、小春の本能がそうさせているのかもしれない。

……運命というものは、とても残酷だ。

もしも、小春がすべてを思い出してしまったら……その先に、最悪な結末が頭をよぎってしまった。

今すぐに、小春をここから連れ出すのが得策なのだろう。でも、ここで俺が出て行ってしまったら、大勢の前で彼女に恥をかかせる可能性がある。過去には踏み込みすぎて、小春を怒らせてしまった。

図太いように見える俺でも、実はあのときの出来事をけっこう気にしているのだ。

なにより、つけてきたのがバレたら後々気まずい。

悩んだ挙げ句、しばらく車の中から遠目で小春を見守ることにした。少しでも異変を感じたら、すぐにでも駆けつけるつもりでいる。

今のところ、小春は楽しそうにしている。海に入らなければ、普通でいられるようだ。

願わくは、このまま友人たちと楽しく過ごして一日が終わってほしい。

そう思わずにはいられない。

だが、そんな俺の願いは、すぐに砕け散ることになる。

数分後、炊事場の方に慌てた様子で走っていく小春を見て、妙な胸騒ぎを感じた。

なにかあったのだろうか。

しばらく迷った末に、車から降りて彼女を追いかけた。

次の瞬間、予想外の光景が目に飛び込んできて、ハッと息を呑んだ。

海の中にしゃがみ込み、項垂れる小春の姿が見えたのだ。

肩で息をしていて、明らかに様子がおかしい。

「小春！」

すぐに彼女のもとへと駆け寄り、抱きかかえた。

「俺の目を見て、ほらこっち」

砂浜の上へと下ろし、必死に呼びかける。

「……うっ……んんっ……はぁ、はぁ……」

「小春、大丈夫だから一旦、落ち着こう」

体が小刻みに震えているのが伝わってくる。状況から鑑みるに、小春は溺れたのではなく、過呼吸に陥ってパニックを起こしているようだ。

「こっちを見てゆっくり呼吸をしてごらん。俺がついてるから大丈夫だよ」

虚ろな目が俺を捉える。

「俺の動きに合わせて呼吸をするんだ。吸って、ゆっくり吐いて……また吸って……」

「はぁ、はぁ……すぅ……はぁ……」

「そうだ、小春うまいぞ。その調子だ」

だんだんと呼吸が落ち着いてきて、ほっと胸を撫で下ろす。

ちょうどサイレンの音が鳴り響き、近くに救急車が停まったのが見えた。駆けつけた救急隊員に事情を説明し、担架に乗せられた小春に付き添う形で、救急車に乗り込もうとしたそのときだった。

「あ、あの！　すみません、私、その……本当にごめんなさい。ちょっとした悪戯のつもりで……まさかこんなことになるとは思わなくて」

顔面蒼白の女の子が体を震わせながら、俺が小春にあげた腕時計を差し出してきた。

この子は確か……。

小春が高校のときに仲良くしていた子だ。

どうしてこの子が、小春の腕時計を持っているのだろう。

状況がまったく呑み込めず、困惑するばかりだ。謝ってくるということは、小春がこんな目に遭ったのは、彼女が原因なのか？

「小春が水の中に入るとこうなるのを、君は知らなかったのか？」

「私、知らなくて……本当にすみません」

彼女が泣きながら、頭を下げてくる。

聞きたいことは山ほどあるが、今はこの子と話している時間はない。小春を病院に連れて行くのが先決だと思い、彼女から腕時計を受け取り、救急車に乗り込んだ。

＊　＊　＊

「小春、体調はどう？」

「もう大丈夫。いろいろ心配をかけてごめんなさい」

嘘をついて海に行ったこと、発作を起こして迷惑をかけたこと。

申し訳なさすぎて、おにいちゃんの目を真っ直ぐに見られない。

彼は私が嘘をついたのを責めないし、海に入った理由も聞いてこない。それどころか、優しく気遣ってくれている。

発作を起こし意識を失ったあと、救急車で近くの病院に搬送され、医師の診察を受けた。

運び込まれた場所が、和葉さんの勤める病院で、まさか彼女に診てもらうことになるとは、思っていなかった。

検査結果はすべて異常なしだったけれど、体調が落ち着くまでベッドで休むことになり今に至る。

おにいちゃんが母に連絡をいれたみたいで、今こっちに向かっている最中らしい。

どんな顔をして会えばいいのだろうと、緊張と不安で心臓が騒々しい。

「これ、近くにいた女の子に手渡されたんだ。高校時代、小春が一緒にいた子だと思うんだけど……」

ふいに腕時計を差し出され、意識がそちらに動いた。

「……よかった。無事だったんだ」

ほっとして、じんわりと視界が滲む。震える手で腕時計を受け取り、そっと握りしめた。

「小春が海に入ったのは、この腕時計と彼女が原因なの？」

「……」

思わず押し黙ってしまった。

正直、千紗ちゃんとのいきさつを話したくはない。告げ口をしたみたいになるし、おにいちゃんが私の恋心に勘づいてしまうかもしれないから。

「小春がこの件について話したくないのなら、無理には聞かない。だけど、もうこんな無茶はしないで」

温かい掌が、そっと私の手に重ねられる。

「小春の身になにかあったら、俺は生きていけない」

おにいちゃんの手が震えていることに気づき、反射的に彼の方を向く。そこには切なげな瞳があって、胸がギュッと苦しくなった。

こんな顔をさせたかったわけじゃない。

「ごめんなさい。もう絶対にしない」

「約束だよ？」

おにいちゃんが私に向かって小指を差し出すのが見え、自身の小指を絡ませながら力強く頷いてみせた。

「……おにいちゃんは、どうして私のことをこんなにも気にかけてくれるの？」

ふと、尋ねてみたくなってしまった。

瞳が交わったまま、重い沈黙が舞い降りた。

ポーカーフェイスの様子からは、感情が読み取れない。

どんな返答がくるのか、心音をトクトクと高鳴らせながら待つ。

「それは、小春のことが……」

おにいちゃんがなにかを言いかけたとき、部屋のドアが開く音がした。自然と意識がそちらに流れる。

「小春！」

そこには、顔を歪めながら私のもとへと駆け寄ってくる母の姿があった。

「どうして嘘をついて海に行ったの！　なんでこんな勝手なことをするの？」

母が私の両肩を揺すりながら、ヒステリックな声を上げる。

普段温厚な母が、こんなにも取り乱す姿を見た記憶がない。ここまで心配させてしまった自分の行動をひどく後悔した。

「お母さん……ごめん、なさい……」

そう発するのが、精いっぱいだ。

「いつから小春は、平気で嘘をつく子にな……」

「義母さん、一旦、落ち着こう」

見かねたおにいちゃんが間に入り、母の背中を摩りながら宥め始めた。

「分かってる、分かってるけど……」

母が両手で顔を覆い、うつむく。

「義母さん、少し外で話そうか？」

母が静かに頷くと、彼の視線が私の方に流れてきた。

「小春、ちょっと席を外すよ」

「……うん、分かった」

ふたりはそれからすぐに、病室を出て行った。

それからどのくらい時間が流れただろうか。

いったいなにを話しているのだろう。ぼんやりと部屋の窓から見える景色を眺めていたその刹那。

ドアをノックする音が耳に届き、ビクッと体を震わせた。

ふたりが戻ってきたのだろうか。そうだとしたら、わざわざノックしないで、「入るよ」なんて声をかけてドアを開けそうな気がする。

「はい」

戸惑いながら返事をした。

すると、「失礼するわね」と言って、ひとりの女性が入ってきた。

「和葉さん……」

まさかの事態に、一瞬、大きく目を見開いてしまった。

「少しお話できる？」

青いスクラブ姿の彼女が、じっと私を見つめてくる。

「……はい」

「ここ、座るわね」

彼女がベッド横にある丸椅子に腰を下ろした。

人見知りなので、どう接したらいいか分からない。ギュッと布団を握り、平静を装おうと必死だ。

「体調はどう？　吐き気とか頭痛とか、そういう症状はない？」

「はい。おかげさまで体調はもう大丈夫です。先ほどは診察していただきありがとうございました」

「落ち着いたみたいでよかったわ」

和葉さんが、ほっとしたように表情を緩める。

「大輝は帰ったの？」

「あ、母と少し席を外してて」

一瞬、間を置いてからそう返事をした。まさか取り乱した母を宥めているとは、口が裂けても言えない。

「もうじき戻ってくると思うのですが」

「そうなのね」

和葉さんの返答を最後に、部屋は静まり返った。

話が済んだ様子なのに、どうしてここを出て行かないのだろう。

チラチラと様子を窺っていたそのときだった。

「さっき話したとき水が怖いと言っていたけれど、なにか過去に辛い目に遭ったことでもあるの？」

突如、彼女のひと言によって、沈黙は破られた。

「……それは、その」

頭に浮かんだのは、小学一年のときの水泳の授業でのひとこまだ。

「昔、水泳の授業で怖い経験をして。それから海やプールに入るのを避けてきた感じです」

「それはいつの話？」

「小学一年のときです」

「……そうなのね」

彼女はなにかを考え込んでいる様子だ。黙って見つめていたら、おにいちゃんたちが戻ってきた。

和葉さんがとっさに椅子から立ち上がり、ふたりに向かって頭を下げる。

「和葉、来てたのか」

「ええ。小春さんの様子が気になって」

「気にかけてくれてありがとう。義母さん、こちら小春の診察をしてくれた本荘和葉さんだ。俺たち大学時代の同期なんだ」

「小春の母です。この度は娘がお世話になりました」

どうやら落ち着きを取り戻した様子の母が、和葉さんに向かって穏やかな口調でお礼を言う。一瞬だけ、和葉さんの表情が曇った気がしたが、それは私の気のせいだろうか。

「……いえいえ、小春さんの体調が戻ってなによりです」

だけど、私の視線に気づいたのか、すぐに彼女は微笑み直した。

「小春さん、とにかく今はゆっくり休んでね」

和葉さんはそう言い、そそくさと部屋を出て行ってしまった。

「小春、さっきはあんな風に取り乱してしまってごめんね」

ぼんやりとドアを見つめていたら、母の声が降ってきた。

向けられる瞳は、とてもやわらかい。そこにはいつも私が知る母の姿がある。

「私の方こそ嘘をついて、勝手な行動をしてごめんなさい」

「小春が笑っていてくれたら、私はそれでいいの。でも、お願いだからこれからはこんな無茶はしないで」

「……うん。もう二度と、お母さんを悲しませるようなことはしない」

「分かってくれてありがとう」

母が私の背中に手を回す。自然と私も母の背中に腕を伸ばした。

温もりに包まれ、心が穏やかになっていく。

おにいちゃんの方に視線を向けると、彼は口元を弓なりにしながら静かに頷いてくれた。

新たな決意

夏休みが明け、大学の後期の授業が始まり、三週間が過ぎようとしている。

暑さは影を潜め、赤とんぼの群れを見かけるようになった。

学校帰り、バスを降りて頭上を見上げたら、澄み切った青い空が広がっていることに気づいた。空気も澄んでいて、気持ちがいい。

今日の夕飯はなんだろう。

食べることが好きな私にとって、食欲の秋といわれるこの時期は、魅惑の季節だ。

先日、母が作ってくれた松茸の炊き込みご飯は、ほっぺたが落ちるほど美味しかった。最近は少し体重が増加傾向にあるので、毎日、運動と体重計に乗るのを欠かさないようにしている。

一応、これでも恋する乙女なのだ。前よりも身だしなみには気を遣うようになったし、みんながダイエットに励む気持ちも理解できるようになった。

特におにいちゃんが帰ってきてからは、美意識が高くなりつつあり、メイク動画やファッション雑誌を見て、日々研究を重ねていることはここだけの秘密。

「ただいま～」

「おかえり」

家に戻ると、ちょうど母が夕飯を作っている最中だった。

「今日の夕飯はなに？」

「かぼちゃのコロッケとキノコのお味噌汁、それから鮭のホイル焼きよ」

「豪勢なメニューだね。すごく楽しみ」

「そんな風に言ってくれると、作り甲斐があるわ」

「私も手伝うよ。なにをすればいい？」

エプロンを装着し、母の隣に立った。

「じゃあ玉ねぎをみじん切りにしてくれる？　それができたら、ひき肉と一緒に炒めてほしいな」

「了解」

きっとこれは、かぼちゃコロッケの具になるのだろうと推測しながら、玉ねぎを切り始めた。

「包丁さばきも慣れたものね」

鮭の下処理をし始めた母が、こちらを見て微笑む。

「お母さんが美味しい料理をたくさん作ってくれたおかげだよ。それがきっかけで料理を作ることに目覚めたから」

こうやって実際にキッチンに立って料理をすると、母親の偉大さが分かる。母は昔からどんなに忙しくても、三食毎回、手料理を作ってくれた。

きっとシングルマザーのときは、仕事と家事と育児。すべてをひとりでこなしていたから、すごく大変だったと思う。

大学を出て就職したら、母に恩返しがしたいとひそかに考えている。たまには日常から離れ、夫婦で温泉にでも行ってゆっくり心身を休めてほしい。初めてのお給料が入ったら、両親に温泉旅行をプレゼントするつもりだ。

「やっぱりふたりで作業すると早いわね」

「そうだね」

コロッケを揚げ始めた母を見て、ダイニングテーブルに家族分のお茶碗や味噌汁椀を並べ出した。

「あ、小春、今日、お義父さんは外で食べてくるから、ふたり分でいいわ」

「そうなんだ。会食とか？」

「実はね、今日は大輝くんと一緒に食事会に行ってるの」

ピタッと動きを止め、母の方を見る。

「ふたりで食事なんて珍しいね？　病院関係とか？」

「あっ、そういえば、小春には言ってなかったわね。今日は両家の顔合わせというか。大輝くんにいい縁談があってね」

おにいちゃんに……縁談？

思わず手に持つお茶碗を落としそうになってしまった。

ドクドクと、心臓が激しく打ち鳴る。

母の話が遠くに聞こえ、うまく耳に入ってこない。

「ほら、大輝くんも三十代になったでしょ。そろそろ将来を見据えたお相手を見つけた方がいいんじゃないかって話になってね」

「へぇ、そうなんだ……」

思った以上にダメージが大きいのかもしれない。じくじくと心が痛み出し、疼きが止まらない。

……相手って、誰なんだろう？

ここであれこれと聞いたら、母は変に思うかもしれない。

でも……。

「相手ってどんな人? やっぱり妹としては、どんな人が義姉になるか気になるというか」

聞かずにはいられなかった。

「それがね、小春も知ってる方なのよ」

「え？　誰？」

まさかの返答に大きく目を見開きながら、返答を待つ。

「この前、海で小春が倒れたときに、病院で診察してくれた本荘和葉さん。お義父さんたちも顔見知りのようだし、当人たちも大学の同期でお医者さん同士だから、気が合うと思うのよね。彼女なら大輝くんを支えてくれそうだし、お嫁さんに来てくれたらうれしいわ。って、まだ気が早いけどね」

母の言葉がボディブローのようにじわじわと効いてきて、私の心はまさにKO寸前といったところだ。

「小春、どうかしたの？」

「え？」

「なんか怖い顔をしてるから」

ハッと我に返り、必死に口角を上げてみせた。

「なんでもないよ。コロッケが冷めないうちに食べよう」

とにかく今は、なんとかこの場をやり過ごさなきゃ。

頭はそのことに支配されていた。


「和葉さんとこのまま結婚しちゃうのかな」

ポツリとつぶやいた言葉が、儚く宙に消えていく。

あれから早めに食事を切り上げてお風呂に入り、自室に逃げ込んだ。それからずっとベッドに仰向けになりながら、溜め息ばかりついている。

今日はきっと、なにをやっても手につかない気がする。

おにいちゃんが縁談を断らなかったのは、和葉さんに対して好意があるからに違いない。彼女の方も、初めて街で顔を合わせたとき、おにいちゃんに気がありそうな雰囲気だった。

話が〝結婚〟に進む未来しか見えない。

やっぱり私に優しかったのは、義兄として……だったんだ。

ひとりで勝手に勘違いして、バカみたい。

「……おにいちゃんに、気持ちを伝えなくてよかった」

臆病だから踏み込めずにいたのが、結果的に功を奏したということか。

家族が気まずくならずに済んだのが、せめてもの救いなのかもしれない。

一生懸命に自分の中で納得できる答えを探しても、胸の疼きは大きくなるばかりだ。

「ただいま」

ひとり悶々としていたら、階段下から義父の陽気な声が聞こえてきた。

当然、縁談がどうなったか気になる。

ベッドから立ち上がり、そっとドアに近づいた。そして、下の会話に聞き耳を立てる。

「おかえりなさい。食事会、どうでしたか？」

「まぁ、あれだな。和葉さんの方は、すごく大輝を好いてくれていたみたいでね。大輝への思いを熱弁されて、親としては非常にありがたいと思ったよ」

やっぱり私の勘は当たっていたみたいだ。心の中で静かに納得する。

「じゃあ、いい方向に話がいきそうですね」

「それなんだが……」

「父さん、俺、先にシャワーを浴びてきていいか？　今日はすごく疲れたし、早く休みたいんだ」

まさかの声が聞こえてきて、心臓がどよめかされた。

おにいちゃんも、一緒なの？

しかも、今の発言からするに、今日はここに泊まっていくみたいだし。どうしてこんな日に限って、うちに帰ってきたのだろうか。

家族で今日の食事会の話をするため？

さすがに心の整理がつかないよ。

こんな状態でおにいちゃんと顔を合わせたら、きっと泣いてしまう。

とっさにドアから離れた。そして部屋の電気を消し、ベッドに向かう。

今日はもうなにも考えたくない。いっそのこと、このまま寝てしまおう。

そう思うのに、気が立っていて寝付けそうにない。

何度も寝返りを打っては、溜め息の繰り返し。

「はぁ……」

言ってるそばから、また溜め息をついた次の瞬間。

「小春、起きてる？」

ドア越しに聞きなれた声がして、布団の中で息を潜めながら頭をフル回転させ始めた。

いったいなにしに来たの？

縁談の話を私に伝えようとしてるとか。

そんなの、今は聞きたくない。

結局、その日、私は寝たふりを決め込んで応答しなかった。


「小春、飲み過ぎだよ」

隣に座る楓花が、私の手からビールジョッキを取り上げる。

「だって、飲まずにはいられないんだもん」

半べそをかきながら、楓花の顔を見つめる。

おにいちゃんの縁談を知り傷心した私は、次の日、茉奈たちに連絡を取った。

誰かにこの気持ちを聞いてもらわなければ、消化しきれなかったのだ。

やはり持つべきは、心の優しい親友たち。その日の夜、急遽、仙台《せんだい》駅の近くにある居酒屋の個室で集まることになり、私の愚痴にふたりが付き合ってくれている。

「大輝さんとは、昨日から話してないの？」

「うん。顔を合わせてない。今朝も、おにいちゃんが家を出たのを確認してから、リビングに行ったし」

勘がいいおにいちゃんは、私に避けられていると気づいているかもしれない。だけど、そこに突っ込まれても本音は言えない。

願わくは、しばらくの間、おにいちゃんが実家に顔を出さないことを祈りたい。

「そっか。それにしても、大輝さんが縁談を受けただなんて信じられない。だって誰が見たって、小春が好きって感じだったじゃない」

「だよね。ねぇ、本当に大輝さん、縁談に行ったの？　勘違いとかじゃなくて？」

ふたりとも、いまだに信じられないといった様子。矢継ぎ早に質問を投げかけてくる。

私だって信じたくはない。

でも、今朝、目覚めても、現実はなにも変わってはいなかった。

「縁談の話は直接、母から聞いたし、昨日の夜も、両親が玄関で話していたから間違いないと思う」

視線を落としながら、そうつぶやいた。

私に残された道は、ひとつ。

この恋心を封印して、おにいちゃんの結婚を受け入れるしかないのかも。

「小春は黙ってこの縁談を見守るの？　それでいいの？」

楓花の切なげな声が届き、おずおずと顔を上げる。

「……そうするしかないよ」

逃げるように、またアルコールを口にする。

私が本当の気持ちをカミングアウトしたら、それこそ家族がめちゃくちゃになってしまう気がする。この前も、海に内緒で行った件で家族に迷惑をかけたばかり。これ以上、問題を起こすのも申し訳ない。

なによりおにいちゃんの気持ちは、私にはないのだから。

「次の恋に進むべきだよ。長年の片思いから抜け出すのって勇気がいるけど、小春はね、誰よりもかわいくて優しくて……グスンッ……最高の女なんだから」

「ち、ちょっと、なんで茉奈が泣くの？」

慌てて鞄の中からハンカチを取り出し、目の前で泣き始めた彼女に差し出す。

「なんか悔しいの。小春はこんなにいい子なのに、なにも力になれない自分がやるせない。それに、思わせぶりな態度だった大輝さんにも腹が立って……気持ちがぐちゃぐちゃで。ごめんね。私、飲み過ぎたかな」

茉奈がハンカチで涙を拭いながら笑う。

彼女の熱い思いを聞き、今まで自分の中で我慢していたものが一気に溢れ出す。

気づけば、大粒の涙がとめどなく頬を伝っていた。

「茉奈の言うとおりだよ。小春はすごく素敵な女の子なんだから、自信を持って」

楓花もじんわりと瞳を滲ませながら、私の背中を摩ってくれている。

「……ありがとう。ふたりがいてくれて本当によかった」

こんな風に私を思って泣いてくれる親友がいること。

それがなによりうれしくて、冷え切った心がじんわりと温かくなるのを感じていた。


それからの二週間は、あっという間に過ぎていった。

あれからおにいちゃんは、一度も実家に顔を出してはいない。きっと和葉さんと仲良くやっているのだろう。

家族だし、私の男友達関係の心配を散々してきたのだから、自分の縁談の件だってちゃんと報告してくれたっていいのに。

そんなひっかかりが、胸の奥にあったりもする。

まさかこんな形で恋心と決別をするなんて思いもしなかったけれど、いつかは受け入れなければいけなかったのかもしれない。

その日、私は大学の講義を終え、図書館へと寄っていた。ふらっと立ち寄ったのだけれども、意外に心理学関係の書物が揃っていて、なんだかんだ手に取ってしまった。

ここは定禅寺《じょうぜんじ》通り沿いにある、地下二階、地上七階のビルの中にある図書館だ。図書館の他にもギャラリースペースや会議室、カフェなどもあったりする。

ここに来たのは久しぶりだ。高校入試に向け、休日にここで勉強をしていた覚えがある。

あのとき、おにいちゃんがよく付き合ってくれて、私が苦手な理系科目を教えてくれていたっけ。

胸の疼きを感じ、とっさに思考を遮断する。そして、静かに息を吐きながら辺りを見回す。

ちょうど窓際の端の席が空いていたので、そこで締め切りが迫っていた学校のレポートをすることにした。

私が将来なりたい心理カウンセラーは、患者さんが抱える心の問題を解決に導くサポートをするのが主な仕事だ。私がこの仕事を目指すきっかけは、高校時代の経験からだ。

お世話になった心療内科で、いろんな療法を行ったが、中でも私にとって一番効果的だったのが心理療法だった。

なかなか心を開かない私に、先生は根気よく付き合ってくれた。またカウンセリングの中で、摂食障害患者によく見られる自己肯定感の低さを解消する方法や対人関係の悩みについても、的確なアドバイスをくれた。思春期の私にとってこの出来事は、とても大きいものだったと思う。

先生の助言やおにいちゃんのサポートによって、摂食障害を克服できたのだ。そんな経験をした私だからこそ、患者さんに寄り添えるカウンセラーになりたいと思っている。

だから、恋愛に振り回されている場合でもないのだ。

目の前のことからコツコツと。

それが夢への第一歩なのだと自分自身に言い聞かせ、レポートを書くのに集中する。

気づけば、書き終えた頃には、辺りはすっかり暗くなっていた。

久々に抱く達成感。心はどこか清々しい。

たまには自宅ではなく、別の場所で勉強するのもいいかも。そう思いながら、図書館を出て、仙台駅の方へと歩き出した。

今日はレポートを頑張ったご褒美に、スイーツでも買おうかな。

地下鉄に乗る前に、駅直結のデパートに寄ることにした。

それにしても、夕飯時ということでどこも混んでいる。お目当てのお店に向かう途中、同じ階にある飲食店街からいい香りが漂ってきた。

なんだかお腹が急激に空いてきた。なにか小腹を満たすものをと、辺りのお店を見回していたそのときだった。

「小春？」

名前を呼ばれ、ふいにそちらを向く。

「……田村くん？」

「やっぱり小春か」

白のワイシャツにグレーのカーディガンを羽織った彼が、ふんわりと微笑みながらこちらに歩みを進めてくる。タイトなブラックパンツが、彼のスタイルの良さを引き立てている気がする。

それにしても、田村くんが前髪を上げている姿を見たのは、初めてかも。一瞬、誰だか分からなかった。お店で会ったときも病院で鉢合わせしたときも、彼はスポーティーな服装で前髪を下ろしていたので、だいぶ印象が違う。

「びっくりした。なんでここにいるの？」

田村くんと会うのは、茉奈を見舞ったあの日以来だ。

「俺、ここの飲食店街でホールのバイトをしてるんだ」

「そうなんだ」

ああ、どうりで。

前に会ったときとは、服装も髪型のテイストも違うわけだ。

「よかったら今度、店にきて。サービスするからさ」

「ありがとう。今度、おじゃまするね。今日はこれからバイト？」

「いや、今日はもう終わったんだけど、腹が空いてどうにもならないから、なにか食べようかと、うろうろしてたんだ」

……お腹が空いてうろうろしていたって、私と一緒だ。

なんだかおかしくなって、フッと笑ってしまった。

「どうかした？」

「いや、私もこの階に下りた途端、いい匂いに釣られてお店を見て回ってたの」

「似たもの同士だな」

田村くんがクッと口角を上げて笑う。

「ここで会ったのもなにかの縁だし、一緒に夕飯食べない？」

田村くんからの意外な提案に、一瞬、固まってしまった。と同時に、おにいちゃんの顔が頭をよぎった。

別に田村くんとご飯に行くのは、友達としてやましいことじゃない。

そもそも、おにいちゃんは、私に内緒で縁談に行っていたわけだし。変に気を遣う必要もないよね？

「うん、行こう。田村くん、なに食べようとしてたの？」

「あそこの店のラーメン」

「じゃあ、そこにする？」

返答を待っていると、田村くんが少し間を置いてから口を開いた。

「いや。駅裏にある『リナノカフェ』とかどう？」

話はとんとん拍子に進んでいく。

「いいよ。リナノカフェのパスタって美味しいよね」

「なら決まりだな。行こうか」

デパートを出てふたり並んで、駅裏方面へと歩き出した。


食事を終えた頃には、すっかり辺りは暗くなっていた。

「今日は付き合ってくれてありがとうな」

「こちらこそ。てか、ここまで送ってもらって、却って申し訳ないよ」

最寄り駅まで一緒に地下鉄に乗ってやってきたあと、私の家まで送ると言ってくれて一緒に歩いていた。

「俺がしたくてこうしてるだけだから、気にしないで」

田村くんはすごく優しい人だと思う。

食事中も、苦手なものがあるか気にしてくれていたし、率先して料理を取り分けてくれたりと、いろいろ気遣ってくれている様子だった。

最初はなにを話そうかと落ち着かないでいたけれど、田村くんがいろいろと話を振ってくれたので、終始笑いが絶えなかった。

考えてみたら、おにいちゃん以外の男性とふたりきりで食事に行ったり、こんな風に並んで歩いたりするのは、初めてかも。

未知の扉の先にあったのは、想像よりもはるかに穏やかで楽しい世界で、新たなる刺激と価値観を与えてくれている。だとすれば、今日の私は経験値が一、上がったというところだろうか。

今はまだ、おにいちゃんへの未練は断ち切れていないし、今日、田村くんと食事をしたからどうこうなるというわけではないけれども。

茉奈たちが言うように、次の恋に進むというステップは、私が成長するうえで、やはり必要なのかもしれない。

「この公園、懐かしいな」

穏やかな声が耳に届き、意識がそちらに動いた。

「よく来てたの？」

「ほら、ここバスケットリングがあるだろ。ここでよく中高時代、チームメートとバスケしてたんだ」

田村くんが懐かしむように、目を細める。

「それにしてもすっかり秋だな。銀杏の木、ライトアップされて綺麗だ」

「そうだね」

風に揺れる銀杏の木をぼんやりと見つめていた。

「なぁ、小春？」

「ん？」

隣を向くと、やわらかなまなざしがあって、自然とこちらも笑みが零れた。

「また一緒に食事に行ってくれる？」

「うん。私でよければ。あ、次は茉奈たちも誘おうか？　ほら、最近、中学のクラスで集まれてなかったし。秋といえば、芋煮会とかかな？」

私がなにげに口にした提案に、田村くんが少し困ったように笑う。

微妙な発言をしてしまったのだろうか。

不安になりながら、様子を窺ってみる。

「あ、芋煮会じゃなくて、バーベキューの方がいい？」

「小春って相変わらず天然だな。遠回しな言い方だと、気づいてもらえそうにないな」

田村くんが一瞬、空を見上げてからこちらに視線を送ってきた。すごく真剣な顔つきをしていて、目を逸らせない。

「……俺さ、小春のことが好きなんだ。だから俺と付き合ってほしい」

田村くんが、私のことを好き……？

えっと、これはつまり。

告白された……ってこと？

まさかの事態だ。高速な瞬きを繰り返しながら彼を見つめる。

「えー！」

思わずそんな声を上げ、両手で口元を抑えた。

「驚きすぎだって」

「だ、だって、びっくりして……」

さっきまで少し寒いと感じていたのに、それが嘘みたいだ。体がすごく熱くて、額にじんわりと汗が滲む。

「俺、中学のときから小春のこといいなって思ってて。そのときもかなりアピールしてたつもりだったんだけど、まったく伝わってなかったわけか」

田村くんが、切なげに笑うのが見えた。

なんと言葉を返していいのか分からない。

そもそも、こんな風に面と向かって誰かに告白されたのは、初めてだ。

とにかく、答えをきちんと返さなければいけないのは分かる。それが、一生懸命に思いを伝えてくれた彼に対する誠意の見せ方だと思う。

「……気持ちはうれしいんだけど、それには応えられない。ごめんなさい……」

田村くんに向かって、深々と頭を下げた。

「好きな人がいるとか？　あ、小春だったら彼氏いるよな。優しくてかわいいし」

思わず顔を上げる。

胸が苦しい。どう伝えたら、傷つけずにこの場をうまく収められるのだろう。頭はそのことに支配されている。

「そういうのじゃなくて……。私、実は失恋したばかりで。だから、その……誰かと付き合うとか、まだ考えられなくて」

「だったら、俺に時間をくれないか？」

正直に自分の気持ちを伝えたら、思わぬ返答が返ってきて困惑せずにはいられない。

わずかな沈黙が流れ、冷たい風が頬を通り過ぎていった。

「困らせるようなことを言ってごめん。でも、俺、このまま諦めるなんて無理だ。だから、俺を知ってもらう時間がほしい」

スッと彼の指先が頬に伸びてきて、ドキッとする。

嵐のように突然、私のもとに舞い降りた田村くんからの告白。

真剣なまなざしを前に、心音が一層、高鳴っていくのを感じていた。

＊　＊　＊

明らかに小春の様子がおかしい。ずっと避けられている気がする。知らず知らずのうちに、またなにか怒らせてしまったのだろうか。

最近は当直などが重なり、なかなか実家に帰れずにいた。小春に避けられている自覚があったので、どう連絡をしようかと悩んでいたら、あっという間に二週間が過ぎていた。

このままでは、胸のもやもやが収まりそうにない。

その日、久しぶりに実家に帰ってみると、そこは真っ暗で静まり返っていた。

ダイニングテーブルの上に義母さんからの手紙があって、その横に小春用の夕飯がラップをした状態で置かれていた。

手紙によると、どうやら両親は、一緒にジャズピアニストのライブに行っているようだ。

小春はいったいどこに行っているのだろう。

スマホを手に取り、小春の番号を表示させながらしばらく思い悩む。

やっぱり過度の干渉はよくないよな。

ひとまず帰りを待つことにしよう。

待つ間、なにか食べるものを買ってこようと、ラフな格好に着替え、近所のコンビニに向かった。そこでサラダや弁当などを選び、ついでに小春が好きなレモンティーのパックを買った。

早々にコンビニを出て、家に向かって歩き出す。

ひんやりとした風が頬を過ぎていき、季節の移り変わりを肌で感じる。

久しぶりに小春の手料理が食べたい。

疲れた体がひしひしとそれを欲するのを感じながら、ふと通り道にある公園に目をやった。

「……っ！」

目に飛び込んできたその光景に、思わず手に持つ袋を落としそうになった。

男が小春の頬に触れている。

相手の男は、誰なのだろう。

まさか……小春の彼氏？

ここ最近、小春の様子がおかしかったのは、こういう背景があったからなのではないかと考えれば、合点がいく。

なんともいえない気持ちで様子を窺っていたら、ふたりがベンチに座るのが見えた。

男の顔を確認し、あのときの子だとすぐに分かった。

……田村くんだ。

相槌を打ちながら、小春の話を聞いてくれている。一方、小春の表情は、なんだか元気がないようにも見える。

なにか悩みでもあって、彼に相談しているのだろうか。

それだったら、俺に相談してくれても……。

小春の一番の理解者でありたいのに、そんな存在になれていない現実がもどかしい。

これじゃあ、四年前となにも変わっていないじゃないか。

自分自身に腹が立ち、自然と拳を握りしめる。

その光景を見ているのが辛くなり、背を向けて歩き出した。

そのまま家に戻る気にはなれず、ぼんやりと空に浮かぶ美しい月を見つめながら外を歩いていた。今日はこのまま自分の家に戻ろうかとも思うが、小春の悩ましげな表情が頭にこびりついて離れない。

小春が帰ってきたら、さりげなく探ってみようか。

実家に戻り、玄関キーをかざした。静かに息を吐いてからドアを開けたそのときだった。

「え？」

「おにい、ちゃん……」

まさか先に小春が戻っているとは思わなかった。靴を履いたままの状態で玄関の上がり框に座り、こちらを見上げてくる。

「小春、電気も点けないで、こんなところに座ってどうしたの？」

玄関の電気のスイッチに手を伸ばしながら、そう投げかけた。

「お、おにいちゃんこそ、なんで家に？」

「仕事が一段落ついたから、帰ってきたんだよ。小春も今、帰り？」

「……あ、うん。図書館でレポートを書いてたら遅くなったの」

小春は俺から目を逸らし、そう答えた。

すごくそわそわしていて、一刻も早くこの場から離れたいと言わんばかりだ。

「私、疲れたからお風呂に入ってくる」

案の定、彼女はそそくさと靴を脱ぎ、距離を取ろうとする。

「さっき公園で田村くんと一緒にいるところを見かけたんだけど、ずいぶんと親しそうだったね」

小春の足が止まり、みるみる表情が曇っていくのが見て取れる。どうやらその話題には突っ込まれたくなかったようだ。

こんな態度をされたら、余計にふたりは親密な仲なのではないかと思ってしまう。

「……おにいちゃんには、関係ない。おにいちゃんだって……」

なにかを言いかけた小春が、ギュッと下唇を噛みうつむく。

次の瞬間、大粒の涙が床に落ちていった。小春が頬を手で拭いながら、俺に背を向けて歩き出す。

「小春、待ってくれ」

突然の涙の意味が分からず、とっさに華奢な腕に手を伸ばす。気づけば自分の胸元へと引き寄せていた。

「なにしてっ……離して！　お義父さんたちが帰ってきたらどうするの？」

必死に俺から離れようとする小春を前に、胸がギュッと苦しくなる。それでも今、この腕を離してしまったら、もう二度と小春と向き合えない気がした。

「見られたっていい」

「なに言ってるの？　意味分かんない」

俺の中では、とっくに普通の義兄妹じゃないのだ。

こみ上げてくるこの思いを、隠し通すのはもう無理だと悟った。

「……俺は、小春のことを義妹だとは思ってないから」

その言葉を放った瞬間、彼女が抵抗を止め、切なげな瞳を向けてきた。

＊＊＊

『義妹だとは思ってないから』

その言葉が、頭の中をループし続ける。

ああ、そういうことか。

彼の中で、私は家族でもなく、もっと、もっと遠い存在だったんだね。だから、縁談のことも、私には話す必要がないって判断したのかな？

おにいちゃんの特別になりたいとか、思っていたのがバカみたい。

ああ、もう今は、なにも考えたくない。

一刻も早くこの場所を離れたい。

「……もう私には、かまわなくていいよ。おにいちゃんの幸せを心から願ってる」

そうつぶやいた瞬間、おにいちゃんが顔を歪めた。

どうしてそんな顔をするの？

おにいちゃんには、和葉さんがいるじゃない。

思わずそんな心の声が漏れそうになる。

と、次の瞬間、玄関ドアが開錠する音が耳に届いた。とっさにおにいちゃんの腕を振りほどき、距離を取る。

「あら、大輝くんじゃない。久しぶりね。てか、こんなところでふたりで突っ立ってどうしたの？」

すぐに両親が顔を出した。母が、おにいちゃんと私の顔を交互に見ながら首を傾げる。

「久しぶりに家族全員が揃ったんだから、土産に買ってきたケーキをみんなで食べよう」

一方、義父は上機嫌な様子で私たちの手を取り、リビングに誘導し始めた。

「……私はいいや」

とてもじゃないが、おにいちゃんと一緒にいられる心境じゃない。とっさにそう答えた。

「俺もいらない」

おにいちゃんもそう言って、視線を下に落とした。

「……あなたたち、なんかあったの？　喧嘩でもした？」

ぎこちない私たちを見て、母はなにかを感じ取ったようだ。心配そうに見つめてくる。

「いや、別に喧嘩なんかしてないよ」

黙ったままの私の横で、おにいちゃんが穏やかなまなざしを母に向ける。

「そう？」

「うん。ちょっと仕事の疲れが溜まってるから、不機嫌そうに見えたのかな。ごめんね。やっぱりケーキをいただこうかな。疲れているときは、甘いものを摂取するに限るからね」

この状況でこんな風に振る舞えるおにいちゃんは、やはりできた人なのだと心の中で静かに納得する。それに比べ私は、今にも泣きそうなのを必死に堪えるのが精いっぱいだ。

「そうそう、疲れてるときはそれが一番よ。ほら、小春もせっかくだから一緒に食べましょう。ここのモンブランなかなか入手困難だから、一度、食べてみたいって言ってたじゃない」

「……分かった」

これ以上、怪しまれたくはなくて、渋々、リビングに向かい出した。

おにいちゃんの隣の席に座りながら、母が淹れてくれた紅茶をすする。皿にケーキを移し替える母の姿をぼんやりと見ていた。

モンブランにミルフィーユにチョコケーキにチーズケーキ。いろんな種類を買ってきたようだ。どれもおしゃれな感じに飾りつけられているけれど、心がまったくときめかない。

それぞれケーキを選んで、母が席に着いたところで食べ始めた。

両親はライブがよほどよかったようで、ずっと感想を言い合っている。私とおにいちゃんは、相槌を打ちながらそれを聞いている状況だ。

とにかく早くケーキを食べてしまおう。

そして、お風呂にでも入ると言って、この場を自然と離れられたら願ったり叶ったりだ。

次から次にフォークでモンブランを口に運ぶ。

あんなにずっと食べてみたいと思っていたお店のモンブランなのに、今日は心が満たされない。

一方、隣に座るおにいちゃんをチラッと横目で見たら、彼はいつもと変わらない様子で微笑み、両親の話に耳を傾け続けている。

「ってば……ねぇ、小春、聞いてる？」

母の声が耳に届き、意識がそちらに動いた。

「え？　なんか言った？」

「さっきからずっとうわの空みたいだけど、大丈夫？」

「……ごめん。今日、ずっと学校のレポートをしてたから、なんか疲れてて……」

「そうか。大輝も小春ちゃんも疲れ気味なら、気分転換を図るのにちょうどいいかもしれないな」

気分転換？

義父の意味深な言葉に思わず手が止まり、トクンと心臓が跳ね上がる。

「また突拍子もないことを言い出すんじゃないよな？」

おにいちゃんが怪訝そうに眉を顰めた。

私もなんとなく嫌な予感がしている。少し身構えながら話の続きを待つ。

「実は、皐月《さつき》が鎌倉《かまくら》に新店舗を出すことになってな。その記念パーティーに招待されているんだ。せっかくだから鎌倉観光もゆっくりしたいと思っていて、泊まる予定なんだが、大輝と小春ちゃんも一緒に行かないか？」

このタイミングで旅行？

まさかの提案に、目を泳がせる。

皐月さんというのは、義父の古くからの友人でパティシエとして活躍する方だ。母が再婚するとき、親族だけで小さな食事会をしたのだが、そのときのケーキやデザートを担当してくださったのも、皐月さんだった。

本店は家の近くにあるので、皐月さんが作るオレンジパウンドケーキが大好きだった私は、よくひとりで学校帰りに買いに行ったことを思い出す。

久しぶりに皐月さんに、ご挨拶がしたい。

ただ、おにいちゃんも一緒となると話が変わってくる。

おにいちゃんは、なんと答えるだろう。

チラッと隣に目を向ける。

「それって、いつ？」

おにいちゃんは、都合がつけば行くつもりなのだろうか。

「今月の第四土曜日」

「けっこう急だね」

おにいちゃんが静かに息を吐き、紅茶のカップに手を伸ばす。

「ふたりに伝えるのをすっかり忘れていてな。すまない」

「俺は、仕事の関係で無理かもしれない」

おにいちゃんはそう答え、カップをソーサーにゆっくりと戻した。

「そうか。小春ちゃんはどう？」

義父のまなざしがこちらに移動してきて、宙で視線が絡まる。

「……私は、行こうかな」

おにいちゃんが行かないとなったら、必然と私の答えはそうなるわけで。

両親は私の返事を聞き、すごくうれしそうに笑っていた。

繋がる思い

仙台駅から新幹線に乗り込むこと二時間余り。中学のとき以来、久しぶりに降り立った東京の地。ここから横須賀《よこすか》線に乗り換え、鎌倉に向かう予定でいる。構内でお土産屋さんを物色する母と私を見て、義父がふんわりと微笑みながら見守ってくれている。

「大輝くんも、一緒に来られたらよかったのにね」

母がお土産を手に取りながら、残念そうに笑う。

結局、おにいちゃんは、今回の旅行には参加しなかった。

あれ以来、おにいちゃんは実家に顔を見せていないので、会っていない。何度かスマホに連絡があったけれど、その電話に出ることはしなかった。

この三週間、私の頭の中は、おにいちゃんと田村くんのことでいっぱいだった。

そして、昨日の夜、田村くんに会って自分の思いを正直に伝えた。

『やっぱり田村くんの気持ちには応えられない。今までどおり友達でいたい』

それが、悩みに悩んだ私の答えだった。

彼は『一生懸命考えてくれてありがとうな。小春の思いが相手に届くことを祈ってる』と言って、最後まで優しく気遣ってくれた。

きっと、彼みたいな人と付き合ったら、幸せになれるのかもしれない。

でも、中途半端な気持ちで応えるのは、失礼だと思った。田村くんが私の幸せを願ってくれたように、私も彼の幸せを心から願っている。

……おにいちゃんの幸せも、いつかは願えるようになるときがくるのだろうか。

「鎌倉といえば鶴岡八幡宮《つるがおかはちまんぐう》よね。今の時期、きっと紅葉も綺麗でしょうね。パーティーまでずいぶんと時間があるから、いろいろ探索できそう」

ぼんやりとお土産コーナーを眺めていたら、父に話しかける母の声が聞こえてきた。

「そうだな。ホテルに荷物を置いたら、少し探索しようか」

「そうしましょう」

顔を見合わせて両親が笑う。

こんなふたりの関係性が好きだし、母が幸せそうにしているのがなによりうれしい。

これが私の望む形なのだから、あとは迷うことなく前に進むだけ。

願わくは、今回の旅行が未練の終焉《しゅうえん》のきっかけとなりますように。

そう思わずにはいられない。

「それにしてもすごい人の数ね」

「そうだね」

母とともに、ゆっくりと辺りを見回す。

ザッと見て招待客は、百人を超えているだろうか。

鎌倉駅から徒歩五分という場所にあるこのパーティー会場はホテル一体型となっていて、鎌倉を観光するのにとても好立地なところにある。二階部分が吹き抜けになっていて、海外の邸宅を思わせる造りだ。

白とシャンパンゴールドを主としたシンプルなテイストの装飾だが、白いテーブルクロスの上に置かれたマットな質感の銀食器の上には、色鮮やかなスイーツや料理が所狭しと並んでいて、とても華やかな印象を受ける。

立食形式で行われている今回のパーティーの顔ぶれは、とても国際色豊か。皐月さんは海外にも店舗を構えているので、その関係者も招待されているのだろう。

義父が知人に呼ばれ席を外しているので、私と母はバイオリンの生演奏を聴きながら食事を楽しんでいるところだ。

非日常の空間にいると、自ずとテンションも上がっていく。

「小春、そのドレスとっても似合ってるわね」

「ありがとう」

私たち親子も会場近くの美容室で着付けとヘアメイクをしてもらい、このパーティーに参加している。母は桜色の上品な着物を、私はパステルピンクの繊細なレースがふんだんに使われた、ミニ丈のドレスを着用している。

二の腕の部分が透け感のあるドロップショルダーになっていて、やわらかな雰囲気が気に入り、これにしてみた。普段ここまで露出する服は着ないけれど、いつもの自分とはなにかを変えたい、きっとそんな願望の現れだと思う。

「このいちじくのタルト本当に美味しい。さすが皐月さんね」

母絶賛のいちじくのタルトに手を伸ばす。

「本当だ。タルトの部分がすごくサクサクしてるし、いちじくの風味もすごく感じられるね。こっちの栗のミルフィーユも美味しそう」

どうやら私は、落ち込んでいても美味しいものを食べることで、メンタルを回復できるようになったらしい。自分は本質的には単純人間だったのだと、初めて思えるようになった。

「小春、やっと笑った」

「え？」

とっさに母の方を向く。そこには優しい瞳があった。

「ここ最近、ずっとなにか思いつめている雰囲気だったから。なにがあったかは無理には聞かないけれど、相談したくなったらいつでもしてね」

「ありがとう。でも、もう大丈夫だから心配しないで」

母に余計な心配をかけたくなくて、口角を上げて笑ってみせた。

「そう？　ならいいんだけど。あ、お義父さんが呼んでるわ。一緒に行きましょう」

母の視線の先には、手招きする義父の姿がある。その隣には皐月さんがいた。互いに会釈を交わしつつ、母とともにそちらに向かう。

「この度はおめでとうございます。ご招待いただきありがとうございます」

母に続き、私も皐月さんに挨拶をした。

「ありがとう。堅苦しいのはなしで、昔みたいに皐月のおじちゃんでいいよ」

「いいえ、そういうわけにはいかないです」

昔と変わらず気さくに接してくれてすごくうれしいけれど、さすがに世界で活躍する有名パティシエである彼を〝皐月のおじちゃん〟とは、恐れ多くて呼べない。

首を横に振りながら、苦笑いを浮かべた。

「それにしても、小春ちゃんすっかり綺麗になって。美智《みち》さんにますます似てきたんじゃないか」

「そうですか？」

思わず母と顔を見合わせた。

「これじゃあ光義《みつよし》も、小春ちゃんに悪い男が寄ってこないか気が気じゃないな」

「そうなんだよ。心配でしょうがない」

義父が相槌を打ちながら、皐月さんの方を見る。

「あまりに過保護だと嫌われるぞ」

「それは気をつけないとな」

何度も首を縦に振る義父の肩を、皐月さんがポンポンと叩いた。

「小春ちゃん、子離れできない父親に見張られていると、嫁に行くのが大変そうだけど頑張ってね」

……確かに。

心の中で静かに納得しながら頷く。

「しばらくは仕事に生きると決めているので、当分その予定はないですけど、頑張ります」

そう返したのが悪かったのかもしれない。

「そうなの？　こんなにかわいいのにもったいないよ。あ、そうだ！」

皐月さんがなにかを思いついたように、会場内を見回し始めた。

いったいなにを探しているのだろう。

彼の様子を見守っていたら、誰かに向かって手招きするのが見え、反射的にそちらを向く。そこには、長身で金髪の若い外国人男性がいた。

どうやら彼を捜していたみたいだけど、いったいなぜ？

頭の中にそんな疑問が乱舞する中、彼がこちらに歩いてきた。

「小春ちゃん、この長身イケメンとかどう？」

「え？」

思わず皐月さんの隣に立つ彼を見上げる。コバルトブルーの綺麗な瞳が向けられ、ドキッとする。それにしても、モデルのように美しい男性だ。

仕立てのよさそうなブラックスーツをカッコよく着こなしていて、手足が長くモデルのようにスタイルもいい。アップバンク風の髪型からは大人の色気も漂っていて、確かに皐月さんが言うとおり、イケメンだと思った。

だからと言って、どう？　と聞かれても……。

皐月さんの意図が分からず、困惑するばかりだ。

同じくこの場に呼ばれた彼の瞳にも、戸惑いが滲んでいるように見える。

「彼の名はリューク。年齢は二十九歳。趣味は食べ歩きと読書だったはず。パリの店舗を任せている優秀なパティシエなんだ。だけど、小春ちゃんと一緒で仕事に生きようとする真面目人間でさ、女っけがまったくないんだよ」

なんだか思わぬ展開になってきたような。

「ここで会ったのもなにかの縁だから、少し話してみたらどうかと思って。リュークの人柄は、俺が保証するよ」

話の途中からそういうことではないかと薄々感じ始めていたが、実際に言われると断るにも断りづらい。

さてどうしようか。

チラッとリュークさんの方を見たら、困ったように笑う彼と視線が交わった。

「まぁ、この場を楽しむ感じで気楽に考えてよ。ってことで、あとは若いふたりで楽しんで」

皐月さんはそう言うと、私の両親を連れてその場を離れていった。

彼らが去った途端、妙に周りの話し声が大きく聞こえるようになったのは、そこに沈黙が舞い降りたから。

無言のままは、よくない気がする。

そういえば、さっきパリの店舗って言ってなかったっけ？

もしかして、フランス語じゃないと通じないのかな？

フランス語なんてまったく分からないから、ひとまず片言英語で話しかけてみよう。

そう決心し、リュークさんを見上げたそのときだった。

彼がすぐ近くにいたウエイターに声をかけ、シャンパンの入ったグラスをふたつ手に取ったのが見えた。

「あの、もしご迷惑でなければ、少しお話しませんか？」

え？

日本語が話せるの？

瞬きを繰り返しながら、彼を見上げる。

リュークさんがやわらかな笑みを口元に湛えながら、右手に持つシャンパングラスをそっと私に差し出してきたので、反射的にそれを受け取る。

そして、ふたりで場所を移動し、会場の端の方にあるソファー席へとやってきた。

「リュークさん、日本語がとてもお上手ですね」

「そうですか？　ありがとうございます。実は昔、日本に留学していた時期があったんです。そのときに覚えました」

物腰がやわらかい彼との会話にはストレスを感じることはなく、穏やかな時間が流れていく。

「小春は大学生なんですね。なにを勉強しているんですか？」

「心理学を専攻してます。将来はカウンセラーになりたいと思ってて」

「そうなんですか。夢が叶うといいですね」

皐月さんが言っていたように、彼はとても紳士的でまったく下心を感じない。そんな姿にも好感が持て、普通に会話ができているのかもしれない。

「はい。ありがとうございます。リュークさんは……」

「あ、リュークでいいですよ」

「では、お言葉に甘えて……リュークはパティシエなんですよね？」

「はい。昔から食べることが好きで、気づいたらその情熱がスイーツに向かっていました。それでいつの頃からか、パティシエになりたいと夢を抱くようになって今に至ります。皐月さんのもとで勉強ができたことは、僕の誇りなんです」

彼が子供のように無邪気な笑顔を見せる。なんだか心が温かくなり、自然とこちらも笑みが漏れた。

「皐月さんを尊敬してるんですね」

「ええ。彼はお菓子作りにおいては天才ですから。私生活は……こんな風にいきなり私たちを巻き込むような行動を取ったりで、少し考えがぶっ飛んでいたりしますけどね」

リュークがクッと口角を上げながら笑う。そして、お皿の上にある宝石のようなチヨコ菓子を指で摘まみ、口に持っていった。

〝ぶっ飛んでいる〟のワードに妙に納得し、思わず笑ってしまった。

皐月さんの話で盛り上がっていたら、バイブ音が耳に届いた。隣に座る彼が、上着の内ポケットからスマホを取り出す。

画面を確認すると、リュークはハッとしたような表情を浮かべ、慌てたように席を立った。

「どうかされたのですか？」

これはどうしたものかと、思わずそう尋ねてしまった。

「あ、いえ。なんでもありません。すみませんが、ちょっと席を外しますね。すぐ戻りますから」

彼はそそくさと、人気《ひとけ》が少ないテラスの方へと足を進めていった。

それからどのくらい時間が流れただろうか。

すぐ戻ると言っていたけれど、なかなかリュークが戻ってこない。心配になり、テラスの方に行ってみることにした。

テラスに出たら、冷たい風が頬を撫でていった。ずっと暖房が効いた会場にいたので、身震いしてしまう。

リュークはこんな寒いところで、ずっと電話をしているの？

キョロキョロと辺りを見回しながら、彼の姿を捜す。吸い寄せられるように、ライトアップされた中央の噴水に近づいたそのときだった。

噴水の前でぼんやりと空を見つめるリュークを見つけ、そっと近づいた。

「こんな寒いところにいると、風邪を引いちゃいま……」

こちらに流れてきた彼の瞳が赤く染まっているのに気づき、ハッと息を呑んだ。

ここでずっと泣いていたのかもしれない。

いったいなにがあったというのだろう。

「みっともないところを見せてしまいましたね。心配をかけてすみません。私よりも小春の方が寒そうだ」

彼は自身が羽織っていた上着を私の肩にかけてくれた。今は人を気遣っている心境ではないだろうに、必死に笑う姿が痛々しく胸が疼く。

「……なにかあったんですか？　私でよければお話を聞かせてください」

「小春は優しいですね。ひとまず、体が冷えるといけないので、会場に戻りましょう」

リュークが私の手を取り歩き出す。彼の手はとても冷たく、震えていた。

パーティー会場に戻り、先ほどまで座っていたソファー席へとやってきた。並ぶ形で腰を沈める。

「あの、上着ありがとうございました」

「体が温まるまで羽織ってて。さっきは寒い思いをさせて、すみませんでした」

返そうとしたら、リュークが申し訳なさそうに、そっと私の肩に上着をかけ直してくれた。

「いえいえ。気にしないでください。それよりもリュークの方が心配です」

「小春は、本当に気遣いのできる素敵な女性ですね。今日みたいな切ない夜は、君のような優しい人がいてくれるのが本当にありがたいです」

リュークが物憂げに眉を顰め、ゆっくりと会場を見回す。そして、小さく息を吐いた。

「実は私、最近、辛い経験をしたんです」

「辛い経験？」

リュークの視線がこちらに流れてきた。自然と目が合い、静かに頷く。

「ずっと好きだった人がいるんですけど、その人、今度、結婚するんです。だからどんなに足掻いても、私の気持ちはその人に届かなくて。やるせないです」

急におにいちゃんの顔が脳裏に鮮明に浮かび、胸が苦しくなった。

ちょっとでも気を抜いたら、泣いてしまいそうだ。太ももの上でギュッと拳を握り、笑ってみせた。

私を見つめるリュークの瞳はどこか切なげだ。そして、彼がそっと私の手を握ってきた。それは私を慰めてくれているかのようだ。

「それは辛いですね。僕も気持ちがすごく分かります。ついさっき失恋したから」

「え？」

まさか同じような状況だったとは。

目を瞬かせながら、リュークを見つめる。

「僕はセクシャルマイノリティ……つまりゲイなんだ。さっきの電話は、最近別れた彼からです。彼は今、日本に住んでいるんです。だから、明後日、日本を経つ前に、彼ともう一度、話し合いたくて待っていたんですけどね。彼はご両親の反対もあって、僕とはもう会いたくないみたいで。最後に言い争ったまま終わるのは嫌で、『これからもずっと愛してる』と伝えて電話を切ったんです」

「……そうだったんですね」

まさかのカミングアウトに瞳が揺れてしまう。

話を聞いてリュークを見る目が変わるわけではないけれど、プライバシーに関することなので、むやみな発言をして傷つけてしまわないかと、なかなか返す言葉が見つからない。

「いきなりこんな私情を聞かされたら、引きますよね。すみません」

そうじゃないと言わんばかりに、首を横に振り続けた。

「私は人を愛することに、国境も性別も関係ないと思います。それに……どんな障害があっても、好きの気持ちは止められないのもすごく分かるから」

つい熱く思いを語ってしまったのは、自身の今の状況と重ね合わせてしまったからかもしれない。胸がズキズキと痛み出す。

「そんな風に言ってくれてありがとう。僕たち似たもの同士だったというわけですね」

「そうみたいです」

静かな沈黙が流れていく。

リュークのような眉目秀麗で完璧に見える人間でさえ、本当にほしいものは手に入らないという悲しい現実。どうして神様はこんなにも意地悪なのだろうと、思わず天を仰いだ。

「こうなったら、今日は日常を忘れてとことん飲んで食べましょうか。食べ物と飲み物を取ってくるので、小春はここで待っていてください」

重い雰囲気を打破しようとしてくれたのだろうか。

リュークはほんのりと微笑みながら立ち上がり、あれこれと料理を皿に取ってきてくれた。

「このお肉、やわらかくて美味しい」

「小春、こっちのサーモンのピンチョスも最高ですよ」

「あ、じゃあ、ひとついただきます」

同じ傷を持つ私たちは、すっかり意気投合して食事を楽しみ始めた。

きっと明日になったら、またそれぞれ心の傷と闘うことになるに違いないけれど。

それでも、今、この瞬間くらいは、互いの傷を慰め合ってもいいはず。他愛もない話をして、笑って、笑って……少しでも心が軽くなれればそれでいい。

でも、願わくは、リュークの思いが好きな人に届いてほしい。そう思わずにはいられない。

手に持つシャンパングラスをテーブルに置いたそのときだった。

スマホのバイブ音が耳に届き、リュークがテーブルの上に置いてあったスマホに手を伸ばす。画面を確認した途端、大きく目を見張った。

「どうかしたんですか？」

「……彼からだ。どうしよう」

リュークの瞳がこちらに流れてきた。その目には困惑の色が滲み、スマホを持つ手が震えている。

「出るべきです。私、席を外すので」

「いや、小春にはここにいてほしい」

とっさにリュークが私の手を握り、すがるようなまなざしが降ってきた。

「落ち着いて話したら、きっと分かり合えるはずです。……頑張って」

リュークの手を強く握り返す。すると彼は大きく頷き、通話ボタンをタップした。自分のことではないのに、繋がる手からリュークの緊張感が伝わってくる。私自身も、心音がトクトクと落ち着かない。辺りの空気が張り詰めていく。

リュークの声だけに、全神経を集中させていた。この状況で私にアドバイスできることはなくて、ただただ祈り続けるしかできない。それがもどかしい。

お願い。

どうか、どうか……うまくいって。

数分ほどの電話が、こんなにも長く感じた経験はないかもしれない。

「小春、奇跡が起こったよ。彼、今、車でこっちに向かってるって」

電話を切ったリュークの第一声に、ほっと胸を撫で下ろす。

「よかった……。リュークおめでとう」

リュークの瞳には、きらりと光るものがある。思わずこちらまで胸が熱くなり、もらい泣きしてしまっている。

「小春、僕のために親身になって話を聞いてくれてありがとう。君は本当に天使のように素敵な女性だ」

リュークがふわりと笑いながら、私の背中に手を回し抱きしめた。

＊　＊　＊

目の前には、華やかな世界が広がる。それにしても、想像以上に招待客が多い。やはりここに来て、正解だったかもしれない。そう思いながら、ゆっくりと会場を見回す。

小春がこのパーティーに参加すると言ったその瞬間から、気が気ではなかった。彼女は鈍感だから気づいてはいないが、モテる方だと思う。人をあまり疑わないから、こんな場で声をかけてくる物腰がやわらかい男性がいたら、普通に仲良く話していたりしそうだ。

結局、有休を取り、ここに来てしまった。両親も小春も、俺がここに来たのをまだ知らないので、すごく驚くだろう。

あの日の玄関でのやり取り以来、小春とは一切、話していない。連絡をしても、彼女は電話に出てくれない。

『……もう私には、かまわなくていいよ。おにいちゃんの幸せを心から願ってる』

そう言って、切なそうな表情をした小春の顔が今も頭から離れないし、あのときの涙の意味が知りたい。

なにより、俺自身がきちんと彼女に気持ちを伝えたい。

会場で皐月さんと話す両親の姿を見つけ、声をかけようとゆっくりと近寄る。

いくら辺りを見ても、小春の姿がない。

「……っ！」

と、会場の隅のソファー席に座る小春を見つけ、思わず足を止めた。

その隣には、金髪の外国人男性の姿がある。その男性がどこかうれしそうに微笑んだと思ったら、そのまま小春の背中に手を回し、胸に引き寄せたのが見えた。

小春に拒む素振りはなくて、動揺は大きくなる一方だ。自然と足がその場所に向かっていく。

「お取り込み中のところすみません」

そして、気づけば、ふたりの間に割って入っていた。男が小春の体を解放し、目を見開く。

「お、にいちゃん？　どうしてここに……」

小春がソファーから立ち上がり、瞳を揺らしながら見つめてくる。

「小春を迎えに来たんだよ」

「そんなの……私、頼んでない」

「うん。俺がしたくてこうしてる」

ただただ小春を取り戻したくて、自分の胸元へと引き寄せていた。

「小春、行こう」

「ち、ちょっと！　まっ……」

なにかを言いかけた彼女の手を引き、会場の外へと連れ出した。そのままエレベーターへと乗り込む。

「どうしてここにいるの？　あんな態度を取ったら、リュークに失礼だよ」

静かにエレベーターが上昇し始める中、小春の困惑した声が耳に届く。

彼女の腕を掴んだまま、静かに息を吐いた。

エレベーターが止まり、先ほどチェックインしたばかりの部屋の階に止まる。小春の手を引き、部屋に連れ込んだ。

「おにいちゃん、痛い……」

「ごめん」

ハッとして腕を開放したが、彼女は下を向いたままだ。視線を合わせてくれようとはしない。

「小春はどうしていつも警戒心がないの？」

彼女が静かに顔を上げる。その瞳には苛立ちが強く表れていて、みるみる表情が歪んでいく。

「私ももう大人だから、自分の行動には自分で責任を取れるもん」

「じゃあさっき抱き合っていたのは、小春の意志なの？　俺の知らない男と肩を寄せて楽しげに話して。いかにも女の扱いに慣れていそうな……」

なるべく冷静に話をしようと思っても、嫉妬心が滲み出ているのが自分でも分かる。

ギュッと下唇を噛んで、言葉を呑んだ。

「リュークはそんな人じゃない。優しくて一途ですごくいい人だよ？　よくも知らないのに悪く言わないで！」

小春が声を荒らげながら俺を睨む。

今日、会ったばかりの男をどうしてこんなにも庇うのだろう。

すっかり骨抜きにされたのか？

「私、リュークに謝ってくる」

「行かせない」

再び小春の腕を取り、制止する。

「離して！　おにいちゃんがなにを考えているのか分かんないよ。どうしてこんなことするの？」

小春が切なげな瞳を向けてくる。

分からない、か。

そうだね、小春の言うとおりだ。

きちんと口にしなければ、どんなに思っていても気持ちは伝わらないものだよね。

もうプライドも見栄も、道徳も全部、捨ててしまおう。

俺がほしいものは、ただひとつ。

小春の心なのだから。

「小春のことが好きだからだよ」

「え？」

小春が大きく目を見開きながら、俺を見上げてくる。

「だから、小春が他の男と仲良くしていたら、嫉妬心でいっぱいで穏やかじゃいられないんだ」

「おにいちゃんが……私のことを好き？」

「ああ、そうだ。ずっと、ずっと好きだった」

とっさに彼女の後頭部に手を回し、自分の方へと引き寄せた。

＊＊＊

おにいちゃんに好きって言われて、抱きしめられている。

これは夢なの？

思わずそんな思いに駆られる。

だって……。

「おにいちゃんには、和葉さんがいるじゃない。彼女と結婚するんでしょう？」

まさかこんな形で、本人に縁談の話を確かめるなんて思ってもみなかった。

「なんで和葉と俺が、結婚とかいう話になるの？　そんな気はまったくないよ」

おにいちゃんが私の体を解放し、瞳を揺らしながら見つめてくる。

「だって、和葉さんと縁談で会ってたじゃない」

「知ってたのか？」

「……うん。お母さんから聞いた」

おずおずと口にする。すると、彼がそっと私の手を取り、ベッドに座らせた。そして、おにいちゃんもテーブルの横にあった椅子をこちら側に持ってきて、膝を突き合わす形で腰をかけた。

「縁談の場に行ったのは、向こうサイドにきちんと俺の気持ちを伝えて、きっぱりと断るためだったんだ」

おにいちゃんが私の目を真っ直ぐに見ながら、事情を語り始めた。

「じゃあ、和葉さんと付き合ってないの？」

「うん、付き合ってない」

おにいちゃんが強く頷くのが見えた。安堵の気持ちが広がっていく。それと同時に罪悪感が募り、すぐに謝罪の言葉が頭に浮かんだ。

「……勝手に勘違いしてごめんなさい」

「謝らなくていい。俺がちゃんと伝えていなかったのが悪かったんだ。いろいろ悩ませてすまなかったと思ってる」

おにいちゃんが深々と頭を下げる。

「ち、ちょっと、おにいちゃん……」

おにいちゃんがなかなか頭を上げないので、とっさに彼の肩に手をかけた。

ゆっくりと頭が浮かび上がり、再び宙で視線が交わる。

「そんな顔しないで、おにいちゃん。話してくれてありがとう」

「俺は小春の優しさにいつも救われてばかりだね」

そっと頬に当てられた大きな掌から伝わる温もりに、心が穏やかになっていく。

「この先の未来は、俺が小春を支えられる存在になりたいし、ずっと小春とともに歩んでいきたいと思ってる。……小春の気持ちを聞かせてくれないか？」

向けられるまなざしには、期待と不安が入り混じっているように見える。

私もおにいちゃんが好き。ずっと一緒にいたい。

彼の瞳を見つめ返しながら、心の中でそっとつぶやく。

すぐにその思いを口にできなかったのは、両親の顔が頭に浮かんだから。

「私は……」

「うん」

胸にはたくさんの葛藤が浮かぶ。でも、こんなにも真っ直ぐに熱い思いを伝えられたら、自分の本当の気持ちに蓋をし続けるのは無理かもしれない。

「……私も、ずっとおにいちゃんが好きだった。今だってどうしようもないくらい好き。でも、この気持ちを伝えてしまったら、家族の形が壊れてしまうんじゃないかと思って、ずっと言えなかったの」

ありのままの気持ちを打ち明けた。すると彼は、そっと私の両手に掌を重ねてきた。そして、口元を弓なりにしながら、じっと見つめてくる。

「俺にとっても家族は大切だよ。ふたりにきちんと俺たちの気持ちを伝えよう。そしたら、きっと分かってくれるはずだ」

おにいちゃんの言葉が、スッと胸の中に溶け込んでいく。

私はただ臆病者で、なにかを言い訳にして現実逃避していただけなのかもしれない。でも、もう逃げるのは終わりにしたい。

「……うん。そうしよう。おにいちゃんとずっと一緒にいたい」

「俺もだよ。もう絶対に小春のことを離さないから」

おにいちゃんがさらに笑みを深くする。そのまま美しい顔が間近に迫ってきて、ふたりの唇が重なり合った。


思いが通じ合った翌日の朝。

おにいちゃんと一緒に、両親の部屋を訪れた。

「ふたりともおはよう。小春ちゃん、体調は大丈夫か？」

義父から飛んできた言葉に、しどろもどろしながらも頷いてみせた。

「……うん、もう大丈夫。昨日は楽しくて、つい飲み過ぎちゃったみたい」

実は昨日の夜、おにいちゃんとたくさん甘いキスを交わし、そのまま腕枕をされながらいろいろ話しているうちに、いつの間にか眠りについてしまったのだ。

私が寝てしまったあと、おにいちゃんがうまく取り繕って両親に電話をしてくれたみたいで、そのままおにいちゃんの部屋のベッドで目を覚まし、今に至る。

そわそわと落ち着かないのは、これから両親に私たちの関係をカミングアウトするつもりでいるから。

朝食会場に向かうため、せかせかと準備するふたりの様子をしばらく窺っていた。

「あのさ、父さんと義母さんに話したいことがあるんだ」

タイミングを見計らい、隣に立つおにいちゃんが話を切り出した。

「ん？　話したいこと？」

「なにかあったの？」

ふたりの動きが止まり、視線がこちらに集中する。

「俺と小春、付き合うことにしたから。一応、報告しておこうと思って」

おにいちゃんが私の肩に手をかけながら、両親に向かってふわりと微笑む。

あまりに堂々と、そして、あっさりとしたカミングアウトに、なんだか拍子抜け。

その一方で、両親は驚いた表情を浮かべ、顔を見合わせている。

なんと言われるのだろう。

さっきまでの和やかな雰囲気が影を潜め、ピリリと空気が張り詰めていく。

誰も口を開かないまま、水を打ったような静寂に包まれた。

「本気なのか？」

その沈黙を破ったのは、義父だった。いつもみたいなふざけた感じはない。真剣なまなざしが、おにいちゃんに向けられている。

「ああ。生半可な気持ちで言ってるわけじゃない。将来のこともちゃんと考えてる」

はっきりとした口調が耳に届いた。おにいちゃんが私の肩に置く手にギュッと力を込めたのが分かる。

「俺の中で小春はかけがえのない存在で、彼女以外は考えられない。だから俺たちの関係を認めてほしい。お願いします」

「私からもお願いします」

ふたりで両親に向かって深々と頭を下げた。

「ふたりとも頭を上げて」

と、義父のどこか陽気な声が届き、慌てて顔を上げる。そこには穏やかな笑みを浮かべる両親の姿があった。

「やっぱり美智さんの勘は当たってたね。さすがだよ」

義父の視線が母に流れ、ふたりが笑いながら見つめ合う。

「最近のふたりの様子を見ていたら、そうなのかと思って。それにしても、さっきの大輝くんの言葉にグッときちゃった。プロポーズみたいだったわ。こんなにも愛されているなんて、小春は幸せ者ね」

母の瞳は、聖母マリアのように優しい。胸が熱くなるのを感じながら、強く頷いてみせた。

「……私たちのこと、認めてくれるの？」

「認めるもなにも、好き合っているなら、なにも問題ないじゃない」

母がおにいちゃんと私を交互に見ながら、首を何度も縦に振る。

「これでやっと肩の荷が下りるよ。大輝にまったく女っけがないから、もしや大輝は男性が好きなのかもしれないと思っていたくらいだったから。まぁ、それならそれで、大輝が選んだ道を尊重するつもりでいたけどな」

両親は、空のように広い心で私たちを包み込んでくれる。偉大な存在なのだと改めて思い知らされ、自然と目尻から大粒の涙が零れ落ちていった。

母がこちらにやってきて、優しく私の手を取る。

「きっといっぱい悩んだのよね。ずっと気が付かなくてごめんね。これからはちゃんと応援させて。大輝くんなら、安心して小春を任せられるわ」

曇天の隙間から一筋の光が差し込んだその瞬間、目の前に明るい未来が広がっていく気がした。

甘く濃密な時間

ホテルを出て頭上を見上げると、澄み切った青い空が広がっていた。

両親に交際を認めてもらってから、数時間が過ぎようとしている。あのあと四人で朝食を食べた。それからおにいちゃんとふたりで、鎌倉の街へと繰り出した。おにいちゃんの提案で、おにいちゃんと私だけもう一泊することになったので、思う存分観光を楽しめそうだ。

にんまりと笑いながら、綺麗な横顔を見上げる。

黒のジャケットの下に白のVネックシャツ、そして、タイトな黒のパンツというモノトーンスタイルの彼は、今日も相変わらずモデルのようにカッコいい。足元のカジュアルな黒のスニーカーが、絶妙な抜け感を出している。

「小春、どこか行きたい場所ある？」

やわらかなまなざしを向けられ、ときめかずにはいられない。

「小町通《こまちどお》りに行ってみたい。おにいちゃんは？」

「俺も食べ歩きがしたいってちょうど思ってた。それから、北鎌倉周辺の寺院も巡ってみたいかも」

「寺院か。おにいちゃん、御朱印集め好きだもんね」

「覚えててくれたんだ？」

おにいちゃんが目尻を下げ、クシャッと笑う。こんな風にたまに見せる無邪気な姿がツボだったりするのだ。

「昔よく御朱印帳を見せてくれたから」

「そうだったね」

おにいちゃんが、そっと手を差し出してきた。

「ん？」

「手を繋いで歩きたいなって思って」

少し照れながら、大きな掌に自身の手を絡ませる。これからはこういうことも人目を気にせずにできるのだと思うと、幸せすぎて心がもちそうにない。

「いまだに恋人同士になったことが信じられないよ。夢を見ているみたい」

「そう？」

「だって、こんな風に手を繋いで歩くとか、昨日までは考えられなかったじゃない？」

おにいちゃんが、ああそういうことかと言わんばかりに静かに頷く。

「俺はずっとこんな風に小春と手を繋いで歩きたいって思ってたから、うれしさの方が勝るかも。小春がいまだに夢心地って思うなら……今日の夜、昨日の続きをしようか？」

今、さらりとすごいことを耳打ちされた気がする。

続きって……。

それって！

キスのその先をするってことだよね？

体が疼くのを感じながら横を見る。そこには悪戯っぽく笑う姿がある。

「顔が真っ赤だけど、どうしたの？」

「な、なんでもない」

「小春は本当に素直でかわいいね」

おにいちゃんが、私の頭を優しく撫で上げる。

恋人同士になっても、彼の揶揄いは健在らしい。

思わず苦笑いを浮かべると、彼がやんわりと頬を緩ませた。それからすぐに私の腰に手を回してきて、あっという間に体が引き寄せられていた。

先に寺院を回ることにした私たちは、電車に乗り北鎌倉駅へと降り立っていた。

「紅葉、すごく綺麗だね」

「ああ、そうだね」

円覚寺《えんがくじ》の総門まで階段を上っている最中、両脇にある楓が色鮮やかに染まっているのが見え、足を止める。

「ここでも、一枚、撮っておこうか」

おにいちゃんがスマホのカメラを構えながら、顔を寄せてくる。

彼は、今朝からずっと撮影魔である。事ある度にシャッターを切っては、満足げにしている光景を何度見たことか。

途中、写真を撮りつつ、ゆっくりと階段を上がっていった。そして、境内に足を進めていく。

「わぁ……」

池周辺もまた美しい世界が広がっていて、今度は私もスマホを構え、シャッターを切り始めた。

水面《みなも》に映る逆さ紅葉が本当に美しく、心を奪われてしまう。たまにはこんな風に日常の喧騒から離れ、心を落ち着かせる時間も必要なのかもしれない。ふとそんな思いを抱きながら、隣で穏やかに微笑むおにいちゃんに目を向けた。

円覚寺をひと通り見て回り、御朱印を書いてもらってから、最後に長寿寺《ちょうじゅじ》に足を進めた。

「ここ、春と紅葉の時期しか参拝できない場所なんだって」

「そうなの？　なんか特別感があってワクワクしちゃうね」

厳かな雰囲気の境内は、ピリッとした独特の空気感が漂っている。また開放的な大きな窓から見える庭には、これまた鮮やかな楓の木があり、とても幻想的だ。

おにいちゃんに聞いた話、ここは参拝時間も限られていて、雨の日は開放していないらしい。たまたま今日は、晴れていてラッキーだった。

これからこんな風に、一緒に特別な時間を共有していくのが増えていくのかな。

そう思うと、自然と胸が躍る。

「次は、紫陽花《あじさい》の季節に来てみたいね」

「うん、綺麗だろうなぁ」

そんな会話をしながら長寿寺を出て、食べ歩きで知られる小町通りへとやってきた。

昼食時ということもあり、たくさんの観光客で賑わっている様子だ。

「小春、なに食べたい？」

「えっと……生しらすを食べてみたい。あと、バターパイのお店も行ってみたいし、それから、いちごスイーツのお店も！」

「時間はたっぷりあるから、行きたいところを順に回ろうか。どの店から回りたい？」

「じゃあ、バターパイ！」

「了解。すぐそこみたいだから、さっそく行こう」

彼は嫌な顔ひとつせず、私の望みを叶えようとしてくれる。

男の人って、買い物に付き合うのがあまり得意ではないイメージがある。お店の前でスマホをいじりながら、彼女を待っている光景を目にすることもしばしばだ。でも、おにいちゃんは一緒に見て回り、楽しませてくれようとする。

これってきっと、当たり前のことじゃないんだよね。

「小春、あそこの席で座って食べよう」

「うん！」

さっそく最初のお店でお目当てのバターパイをゲットして、一口頬張った。

上に飾られたいちごがかわいらしい。また、パイの中に挟まったバターカスタードとホイップの組み合わせも絶妙だ。

「サクサクでとっても美味しい」

美味しすぎて、あっという間に食べ終わりそう。

「意外と甘さ控えめでいい感じだね。てか、小春、口にクリームが付いてるよ」

「え？　どこ？」

「ほら、ここ」

綺麗な顔が間近に迫ってきて、指先が私の口元に触れる。

思わずドキッとしてしまった。こんな風に過剰に意識してしまうのは、昨日の夜、甘いキスをたくさん交わしたから……だと思う。

途中で舌を絡めてきたりして、おにいちゃんはキスに慣れている感じだった。

それにしても、キスがあんなに気持ちいいものだったなんて驚きだった。

男性経験がまったくない私にとって、あれだけでも刺激的だったのに、これから先、もっと過激なことをするかもしれない。

さっきのおにいちゃんの宣言からするに、いつかは確実にそうなるだろう。

早ければ、今日の夜にも……。

あんなことや、こんなこと……。

そう妄想するだけで、なんだかそわそわしてきてしまった。

「……ってば」

ん？

「なんか考え事？」

「……次、どのお店に行こうかなって考えてた」

目を泳がせながら、そう答えてみる。

まさかね、いやらしい妄想を繰り広げていたなんて絶対に言えないよ。

「そうなの？　てか、小春って、よく口にクリームつけてるよね。そこがまた愛らしくてかわいいんだけど」

おにいちゃんが、私の顔にかかる髪の毛を耳にかけてくれながら微笑む。

「あんまり公衆の面前で、かわいいとか言わないで。なんか恥ずかしい」

「俺はね、世界で一番かわいい彼女を、みんなに見せびらかせたくて仕方がないの」

躊躇《ためら》いなく連呼され、頬が熱くなる。

でも、こんな風にとことん甘やかされると愛されてる実感がして、心が満たされていくのが分かる。

私、今、本当に幸せだ。

もう絶対に、離れたくない。

そんな感情を抱くほど、より深く、魅惑的な甘い蜜に溺れていく。

昨日、小春の口から和葉との縁談の話が出て、すべてが俺の中で繋がった。

小春は、和葉との縁談を受け入れたと思い込んでいたから、あんなにも俺を避けていたのだと。

＊＊＊

和葉との縁談の話は、俺が東京にいた頃から何度か打診があった。互いの父親がもともと同じ病院で勤務医をしていたので昔からの知り合いであったし、俺の父も和葉を気に入っていた。和葉が俺と同じ医師という職業に就いているので、よい関係を築けると思っていたようだ。それでも、俺は小春が好きだったから、その話を断り続けた。

だが、小春が海で発作を起こし、和葉が勤務する病院に運ばれたあの出来事から少し経った頃だっただろうか。

『大輝も三十代になったわけだし、そろそろ将来を見据えた女性がいた方がいいと思うんだ。和葉さん、すごくいい子じゃないか』

父にそんな風に言われた。

今回もうまくはぐらかして断ろうとしたが、なにを言っても父が引いてくれないので、ひとまず顔合わせに行くのを承諾した。

自分勝手だが、縁談の場で好きな人がいる事実を伝え、両家に納得してもらおうと思い、食事の席でそれを実行したのだ。父は焦っていたし、和葉の父親も彼女自身も戸惑っていた。

その日は気まずいままお開きになり、父とふたり実家に戻るタクシーの中はどんよりとした空気が漂っていた。その帰途で、食事の席で勝手な言動をしたことを謝り、今後については自分で決めると宣言した。

その後、和葉から何度か連絡があったが、気持ちは変わらないときっぱりと断り続けた。最後は、彼女も納得してくれた。

そして、小春にきちんと思いを伝えよう。そう思った矢先、小春との関係が悪化し、そのまま鎌倉旅行に突入となったわけだ。

紆余曲折あったが、やっと思いが通じ合えた。

俺がこんなにも胸をときめかせているのを、小春は知る由もないだろう。

彼女がお手洗いに行っている間、スマホを手に取った。今朝から撮りためた小春の画像を見て、破顔してしまっている。

家に戻ったら、部屋に飾るものをゆっくり選ぶことにしよう。

そろそろ小春が戻ってくる頃かと思い、スマホをジャケットのポケットにしまったその刹那。

「もしかして、小春のお兄さんですか？」

前方から若い男の声がした。自然と意識がそちらに流れる。

「あなたは、昨日の……」

そこにあった顔を見て、思わずギョッとする。

「あ、やっぱり小春のお兄さんでしたか」

やわらかな笑みを浮かべながら、こちらに歩みを進めてくるその男性。

忘れもしない。

彼は昨日、パーティー会場で小春に過度なスキンシップをしていた外国人男性だ。

確か名前は、リュークとか言ったはず。

昨日の光景を思い出し、少し胸がもやっとする。

でも、悪いのは俺自身だ。小春をいろいろと悩ませてしまっていたわけだし、彼に対しても、昨日の態度は大人げなかったと思う。

「……昨日は失礼な態度を取ってしまい、申し訳ありませんでした」

彼に向かい、深々と頭を下げた。

「いえいえ。お気になさらずに。ところで小春は一緒じゃないんですか？」

「一緒ですけど、ちょっと今、席を外していて。なにか伝言があれば、伝えておきますが……」

まさかとは思うが、小春に気があるとか？

昨日のあのスキンシップの感じからすると、その可能性もあるような。

じっと彼の表情を観察する。

「そんなに怖い顔をしないでください。綺麗な顔が台無しですよ。まぁ、そのくらい小春が好きで、どうしようもないんですよね」

俺の内を巡る感情をすべて見透かしたように、彼がクスクスと笑う。

自分でも取り繕えていないとは思っていたが、まさかここまであからさまだったとは。思わず苦笑いを浮かべた。

「誤解しているようですが、僕は小春に気があるというわけではないですからね。ただ、昨日のお礼が言いたかったんです」

「お礼？」

再び意識がリュークの方に流れ、話の続きを静かに待つ。

「はい。小春が昨日、親身になって話を聞いてくれたのがうれしかったんです。おかげさまで、彼と仲直りができました」

リュークが指さす方を見る。すると、こちらの様子を遠目から窺う長身の日本人男性の姿があった。

「彼、僕のパートナーなんです。小春のことは、かわいいお友達としか思っていないのでご安心を」

そういうことだったのかと、心の中で盛大に納得する。

俺はとんでもない勘違いをしていたらしい。話の真相が見えてきたら、昨日、小春が俺の発言にあそこまで強く怒った理由が、なんとなく理解できた気がする。

「小春って、不思議な魅力を持っていますよね。優しくて素直で、隣にいてくれると癒されるというか。なぜか話を聞いてもらいたくなる。あ、うかうかしてると他の男に取られちゃうかもしれませんよ？」

彼が悪戯っぽく笑う。そして、一瞬、俺をチラッと見てから、パートナーに向かって手を振り始めた。

小春が誰よりも魅力的だというのは、俺が一番分かっている。美しい横顔を見つめながら、心の中でそっとつぶやく。

「ご忠告どうも。でも、ご心配なく。俺たちも昨日、きちんと話し合ったので。彼女を誰かに渡す気なんて、さらさらないですよ」

クッと口角を上げ、ドヤ顔しながら宣言する俺は、やはり大人げないのかもしれない。

「そうでしたか。それを聞いて安心しました。それでは僕もそろそろ行きますね。これ以上あなたと話していたら、彼が嫉妬しそうなので。小春にも、仲直りできたと伝えてもらえたら。では、失礼します」

リュークは深々と頭を下げてから、愛するパートナーのもとへと戻っていった。しばらく眺めていたら、腕を組み、彼らが歩き出した。

見ず知らずの人の話を親身になって聞くとか、お節介な小春らしいな。

遠くなる背中を見ながら、そんな風に思う。

日々、新たな魅力を見せてくれる愛おしい存在。

これだけ惚れ込んでいるのに、手放す気なんてあるわけがない。

世界中どこを探しても、小春以上に素敵な女性なんていないのだから。

＊　＊　＊

「疲れた……。もう一歩も歩けない。ふくらはぎがパンパンだよ」

夕食を食べ終えた私たちは、ホテルの部屋へと戻ってきた。

朝からずっと歩き続けたせいか、もう足が限界。部屋に着いてすぐにブーツを脱ぎ、ベッドにうつ伏せでダイブした。

ああ、もうこのまま寝てしまいそう。

それにしても、鎌倉デート最高だったな。

自然と頬が緩んでいく。

おにいちゃんのおかげで気になったお店を全部、回れたし、美味しいものもたくさん食べられた。

楓花たちにもいいお土産が買えたから、喜んでくれるといいな。

それに、リュークも彼と仲直りができたと、おにいちゃんに聞き、すごくうれしい。

私もリュークに会って、おめでとうを伝えたかったな。

いつかまた再会できたら、スイーツを食べながらお互いの近況報告をしたい。

そう思いながらクルッと寝返りを打ち、天井を見上げた。

「風呂から上がったら、足をマッサージしてあげるから先に入っておいで」

綺麗な顔が間近に迫り、頭を優しく撫で上げられた。

きっとおにいちゃんは、私を幼稚園児かなんかと勘違いしていると思う。

「んー、もう少しここでこうしていたい」

「小春、このままだと寝ちゃうでしょ。化粧とか落とさなくていいの？」

おにいちゃんは私よりよっぽど女子力が高い。肌だって、絹のように滑らか。アイドルのように綺麗だ。小顔を彩るパーツはどれも理想的に配置されていて、こんな美しい人が彼氏だなんて……いまだに信じられない。

「そんなに疲れたなら、一緒にお風呂に入って小春の体を洗ってあげようか？」

ん？

一緒にお風呂？

すぐにニヤリとした、悪い笑みが飛び込んできた。とっさに体を起こし、ベッドから立ち上がる。

「い、一緒にお風呂だなんて、恥ずかしいから無理！　今、ちゃんと伝えたからね？」

「はいはい、分かりましたよ。ごゆっくりどうぞ」

クスクスと笑うおにいちゃんを横目に、そそくさとバスルームへと向かった。

部屋の時計を見上げれば、もうじき二十三時になろうとしていた。あっという間に一日が終わろうとしている。

おにいちゃんがお風呂に行っているので、ひとりソファーに座りながらスマホを眺めていた。

今日だけで何枚、撮ったんだろう。

スマホの中のおにいちゃんの顔は、どれも穏やかだ。なんだかこちらまで幸せな気持ちになる。

「そんなにうれしそうな顔をして、なに見てるの？」

おにいちゃんがお風呂から戻ってきた。ミネラルウォーターのペットボトルに口をつけながら、隣に腰を下ろす。

「今日、撮った画像を見てたの」

スマホを向けたら彼がほんのりと笑い、画面を覗き込んできた。

「どの小春も、本当にかわいいな」

「おにいちゃん、ずっとそれしか言わない。私、そんなかわいい方じゃないよ。おにいちゃんは誰が見ても、イケメンだって思うけど」

「小春は本当に鈍感だね。だからいつも気が気じゃないんだよ」

爽やかな石鹸の香りが鼻を掠めていった。おにいちゃんが私の頬に手を当て、笑みを深くする。

それにしても、目のやり場に困る。

濡れたままの艶っぽい髪からは、大人の色気が漂っている。それに加え、白いバスローブからチラッと見える胸筋に男らしさを感じ、つい目を泳がせてしまう。

「小春、足をマッサージしてあげるからここに乗せて」

「……うん」

どうやらさっきの発言を忘れてなかったみたいだ。ドキドキと胸を震わせながら、少し遠慮気味におにいちゃんの太ももに両足を置いてみる。

「じゃあ、始めますよ?」

「……はい、お願いします」

なんで敬語?

頭にはそんな疑問が浮かび、つい口調が移ってしまった。

「ふくらはぎが張ってますね」

おにいちゃんがアキレス腱からふくらはぎの方へと手を滑らせ、私の足を揉み出した。

「なんでそんな口調なの?」

「マッサージ師になりきってみようと思っただけ。揉む力はこのくらいでいい？」

「うん。いい感じです」

「それならよかった」

部屋が静まり返っているからなのか、触れられた場所に意識が集中し、ピクッと体が反応してしまう。

私、おかしくなっちゃったのかな？

「小春、そんな物欲しそうな顔してどうしたの？」

自分の中の変化に戸惑っていたら、楽しげな声が届いた。

瞬きをしながら、彼を見つめる。私の心の内をすべて見透かされたような蠱惑《こわく》的なまなざしを向けられ、トクトクと心音が高鳴っていく。

「……そういう意地悪なこと、言わないで」

耐えきれなくなって、とっさに両手で顔を覆った。

「ごめん、ごめん。小春の反応がかわいいから、つい、揶揄いたくなってしまうんだ」

大きな手がそっと私の腕に触れる。ゆっくりと手を解かれ、再び宙で視線が絡まり合った。

「小春は本当にウブでかわいいな。これからは独り占めできると思うと、うれしくてたまらない」

「おにいちゃん……」

「好きだよ、小春……」

綺麗な指先でそっと唇をなぞられ、そのまま吸い寄せられるように自然と唇が重なった。

昨日、初めて覚えたキスの味。

とろけてしまいそうなくらいに、甘く優しい。

「……んん……ふっ……んっ」

舌を搦め捕られ、自然と吐息が漏れる。体の芯が疼くのを感じながら、バスローブを握る手にギュッと力を込めた。

「……小春がほしい」

唇を解放され思いきり息を吸い込むと、情熱的なまなざしが降ってきた。

こんなにも色っぽいおにいちゃんの顔を見た記憶がない。ドクンと心臓が跳ね上がる。

私にとって、この先は未知の世界。どうしても、不安は拭えない。

でも、彼にならら……。

むしろ、おにいちゃん以外なんて考えられないよ。

「……おにいちゃんなら、いいよ。私の初めてをもらってほしい」

「そんな風に思ってくれてうれしいよ。安心して、絶対に後悔はさせないから」

静かに頷く。すると、おにいちゃんが私の体を抱き上げ、そのままベッドの上に優しく下ろされた。

キスを交わしながら、ふたりの体が真っ白なシーツに沈んでいく。

しばらくして、おにいちゃんの体を覆っていたバスローブが、はらりとベッドに落ちていった。露わになったしなやかな裸体にドキドキが加速していく。

程よく厚い胸筋に、六つに割れたセクシーな腹筋。線が細そうだと思っていたけれど、想像以上に逞しい体をしていたことに驚き、睫毛を瞬かせた。

私の上に跨る彼は、先ほどよりも欲情を孕んだ瞳を向けてくる。もはや見つめられるだけで、口から心臓が飛び出そうな勢いだ。

「……ひゃっ……あっ……」

戸惑っているうちに、首筋を這い始めた唇が、徐々に下方に落ちていく。

パジャマのボタンが上から一個ずつ外されていく度に、心音が高鳴りを見せる。そして、胸の中央あたりを直接指で擦られた瞬間、自然と甘い嬌声が漏れた。

むず痒いようなくすぐったいような、なんともいえない感覚。

「……あっ、ふんんっ……」

愛撫はどんどん激しくなり、いつの間にか胸の蕾を口に含まれていた。舌で転がされ絶妙な力で吸われたら、一層、声が我慢できなくなってくる。

「あっ……それ、ダメ。なんか……変になっ……」

私の足の間に伸びてきた指先が、蜜で溢れたそこをかき回す。先ほどよりも鮮明な快感が走り、ピクッと体を仰け反らせた。

耳に響くクチュリといやらしい音。羞恥心を煽られ、頬が熱を帯びていくのが分かる。

「んっ……はぁっ……んんっ」

だんだんと朦朧としてきて、意識が飛んじゃいそうだ。

思わずシーツをギュッと握りしめた次の瞬間。体から指が引き抜かれ、彼が指先をペロリと舐めてから私の頬に手を置いた。

「もっと、俺が知らない小春の顔を見せて」

避妊具をつけてから再び私の上に覆いかぶさった姿を見て、ついにこのときが来たのだと悟り息を呑んだ。

でも、恐怖心は感じていない。むしろ大好きな人とこれから身も心も結ばれるのだと思うと、胸が熱くなった。

「今から俺が小春を大人にすると思うと、たまらなくうれしい」

熱く反り立ったものが足の間に当てられ、そのまま私の中にゆっくりと入ってきた。

「んっ……」

「辛くないか？」

「……ちょっとだけ、苦しい。でも、大丈夫だから、続けて……」

「ゆっくり動くけど、それでも辛いときは遠慮せずに言うんだよ？　無理はさせたくないから」

何度も小さく頷くと、体に緩やかな律動が刻まれ始めた。

ギュッとお腹が圧迫されて苦しい。なにより今まで感じたことのない痛みを感じ、ギュッと目を瞑る。でも、徐々に痛みが違う感覚に変わってきたような気がする。

「小春、大丈夫？」

「……うん。おにいちゃんと結ばれて……すごくうれしい」

汗ばんだ掌が、そっと私の手に重ねられる。

「俺も、今、すごく幸せだ」

見上げたら、やわらかく微笑むおにいちゃんがいた。

「小春……」

私の名前を何度も呼ぶ声は優しい。胸のときめきは増すばかり。

体を繋げたまま、濃密なキスを繰り返す。

後悔なんてひとつもしてない。

今日、この日のことを一生、忘れないと思う。

好きな人と体を触れ合わせる行為が、こんなにも幸せで愛おしいものだと初めて知ったから。

「……おにいちゃん、好き」

「小春の方から〝好き〟って言ってくれたのは初めてだね。すごくうれしいよ。俺も、小春が大好きだよ」

次第に加速する律動の中、ギュッと絡め合った掌に力を込める。

ああ、私、今、本当に幸せだ。

自然と視界が滲む。

「ずっと、私のそばにいて」

「ああ。もちろん。一生、小春のそばにいる」

胸いっぱいに広がる幸福感に浸りながら、尊い温もりの中で私は意識を失った。


「一時はどうなるかと思ったけど、雨降って地固まるってやつだね」

鎌倉旅行から戻った次の週末。行きつけのカフェで楓花たちと会い、お土産を渡しながら近況を報告した。

ふたりは自分のことのように喜んでくれて、興奮気味にあれこれと聞いてくる。

「小春もとうとう女になったわけね。で、大輝さんってあっちの方、うまいの？」

茉奈からそんなストレートな質問が飛び、ホットレモンティーを口にしていた私はむせ返った。

「ゴホゴホッ。もう、茉奈ってば、いきなり……なんなの」

「だって気になるじゃない。ねぇ、楓花も気になるよね？」

「うん、とっても気になる」

下ネタがあまり好きではない楓花が珍しく茉奈の味方をするから、しどろもどろするばかりだ。

「……旅行から帰ってきてから、そういうことしてないから分かんない」

「なんか意外。大輝さんって小春を溺愛してるから、毎日求めてきそうなのに」

茉奈がニヤリ笑い、じっと見つめてくる。思わず視線を泳がせながら、フォークを手に取りケーキを口に運んだ。

「いや、私は逆に回数よりも、行為一回が長そうなイメージ。すごい小春をいたわって、前戯とか丁寧にしてくれそう」

どちらもあながち間違ってはいない。けれど、優しい私は、おにいちゃんの面目を保つため、ここはあえてノーコメントを貫かせてもらおうと心に誓ってみる。

「あ、でも、実家だとさすがに両親の目があるから、イチャイチャできないか」

まさに、茉奈が言うようにそれなのだ。

鎌倉から帰ってきてから、おにいちゃんは毎日実家に泊まり込んでいる。私と少しでも長くいたいから、そうしているらしい。

でも、やんわりと義父から実家では家族らしく振る舞ってほしいとお願いされているので、寝室は今までどおり別。

にもかかわらず、彼は見えないところでちょっかいを出してくる。キスだって両親の目を盗んで毎日、濃厚なやつをしてくるし、明らかに背徳感を楽しんでいる感じだ。

「今日は大輝さんの家にお泊まりなんでしょう？　きっと熱い夜になるね」

にんまりと笑う茉奈の横で、楓花も激しく同意と言わんばかりに何度も頷く。

実は、両親から週末だけはおにいちゃんの家に泊まりに行くのを認めてもらっている。なので、今日はこのあと、おにいちゃんの家に行く予定だ。

「でも、今日は大輝さん、帰りが遅くなるかもって言ってたし。最近、仕事が忙しそうだから、そういうのは……」

「小春、大輝さんって呼んでるんだ？」

「なんか新婚さんみたい」

やらかしてしまった、とハッとする。

思わず両手で顔を覆った。

付き合ってから互いを名前で呼ぶことになったので、つい呼んでしまったけれど、ふたりに揶揄われて体が一気に熱くなる。

「順調そのものだね。……ふふふっ」

「もうこのくらいで勘弁してください」

「はいはい。今日はこのくらいにしておいてあげる。また近々、惚気話を聞かせてよね」

きっと、当分、きわどい質問攻めが続くんだろうな。

暴走気味のふたりの前で、私はただただ苦笑いを浮かべるしかなかった。

＊＊＊

仕事から帰ると、玄関にいい匂いが立ち込めていた。

リビングからは灯りが漏れている。小春にはすでに合い鍵を渡していたので、どうやら先に着いて、夕食を作ってくれていたようだ。

小春の手料理、久しぶりだな。

胸を高揚させながら、リビングのドアを開ける。すぐにエプロン姿の小春が目に入った。

「おかえりなさい。先に着いたから、ご飯作ってたの」

「ただいま。小春の手料理を久しぶりに食べられるのがうれしいよ。ありがとう」

笑顔で迎えてくれた彼女を見ると、仕事の疲れが一気に吹っ飛ぶ。

ゆっくりとダイニングに足を進めていく。

今日のメニューは、中華系のようだ。海老チリや麻婆豆腐、卵スープなど、色どり豊かな料理がダイニングテーブルに置かれている。

それにしても、今日も小春はとびきりかわいい。白のタートルネックにサーモンピンクのサテン系のロングスカート、その上に淡いピンクのエプロンという装い。

彼女の優しい雰囲気に、とてもよく合っている。また、髪を無造作に束ねたお団子スタイルにしているところにもキュンとする。

さっきの〝おかえり〟〝ただいま〟のやり取りもよかったが、こんな風に俺のために夕飯を作ってくれる、健気な小春を見ているのも安らぐ瞬間だ。

結婚したら、毎日こんな光景を見られるのかと思うと、楽しみでならない。

早くあの過保護な父さんを説得して、小春と一緒に生活できる環境を整えたい。

「やっぱり、この家を借りて正解だった」

「ん？」

手を止め、俺を見上げる彼女と視線が交わる。

「実家じゃ父さんがうるさいから、イチャイチャできないだろ。だから、ここを借りたの」

「え？　仕事のためじゃなかったの？」

小春が目を大きくする。

「それもあるけれど、一番の目的は、小春とふたりきりで過ごすためだよ。実際ここでこんな風に過ごしてみると、早く小春と結婚したいなってまた違う欲が湧いてる」

「け、結婚って……まだ付き合って一週間なのに、気が早すぎだよ」

そう言いながらも、うれしそうに頬を赤らめる小春が愛おしい。

ご飯を作り終えるまで我慢しようと思っていたのに、こんなかわいい姿を見せられたら無理かもしれない。

小春の背後に近づき、後ろから抱きしめる。気持ちが抑えきれなくなって、うなじに唇を這わせ始めた。

「……んっ……今、ご飯を盛り付けてるから、そういうのは……あっ……」

小春がそれに反応し、甘い声を出す。こうなれば、ますますくっついていたい衝動に駆られる。

「先に小春を味わいたい」

この一週間、小春に触れるのをだいぶ我慢したから、さすがに限界だ。

「……ご飯、冷めちゃうよ？」

「あとで温め直せばいいだろ」

「……そう、だけど」

小春はダメだとは言わない。ということは、少なからず小春も俺と同じ気持ちを抱いてくれているのかもしれない。そんな都合のいい解釈をしてみる。

「俺とこういうことするの嫌?」

「嫌じゃないよ。むしろ抱きしめられると安心する」

そんなうれしい発言をされたら、もう。

まったく、小春は人を煽る天才だな。

自然と破顔してしまう。

「小春、こっち向いて」

小春がゆっくりとこちら側に体を向けた。愁いを帯びた瞳に捉えられ、思わずゾクッとする。

「今日も最高にかわいい」

幼い子供のように胸をときめかせながら、彼女の唇をなぞる。そして、そのまま自身の唇を深く重ねた。

＊＊＊

「おにいちゃん……恥ずかしいよ」

「なにが恥ずかしいの？」

「こんな至近距離で顔を見られるなんて……あっ、んんっ……」

お互い向き合う形で肌を密着させていて、今まさに彼が私の中にいる状態。律動を刻まれる度に、じわじわと快感が押し寄せてくる。すぐに達してしまいそうだ。

あれからどのくらい時間が流れたか分からない。夕飯を作っていた途中で求められ、寝室のベッドで濃密な時間を過ごしている。

「この体勢だと、小春に触れながらかわいい顔を見られて幸せだけどな。てか、おにいちゃんじゃなくて、大輝でしょ？」

……そうだった。

恋人同士になってから唯一、お願いされたことがそれだ。いまだに慣れなくて、つい、おにいちゃんと呼んでしまう。

「ちゃんと名前で呼んでみて」

「んっ……、た、いきさん……」

「ふふっ。よくできました。ちゃんと呼べたから、ご褒美をあげないとだね」

ふいに唇を塞がれ、それに合わせて私も口を開き、自身の舌を絡めた。

「小春、キスのとき、ちゃんと自分から口を開けるようになったね」

唇を解放した彼が、額を合わせながらそう囁く。

「それはおにい……た、大輝さんが……」

「俺が教えたこと、ちゃんと実践してくれてうれしいよ」

大輝さんが口元に笑みを湛え、私の頬を撫で上げた。

「こんな色っぽい小春を俺だけが知ってるんだね。俺以外の前では、絶対に見せちゃダメだからね」

彼が胸の中央の蕾に口づけを落としてきた。そして、もう一方の膨らみを指の腹で優しく捏ねる。

繰り返される甘い愛撫に、体は敏感に反応する。結合部から再び蜜が溢れ出し、彼が腰を緩やかに動かす度に、淫らな音が部屋に響いている状況。

「あっ……んんっ……」

気持ち良すぎて、頭がくらくらする。

「声、我慢しなくていいよ」

「……ああっ!」

「小春、すごく綺麗だ。んっ……」

ふいに腰を高く突き上げられ、とっさにたおやかな背中に手を回した。

「……あんっ……私、もう……」

一週間ぶりに感じた尊い温もりは、甘く刺激的だ。それは大輝さんにとっても同じだったのかもしれない。私の中で蠢く熱いものが、より一層大きくなったのが分かる。

「俺も、もう……んっ」

次の瞬間、大輝さんの口元から蠱惑的な吐息が漏れ、脱力したように体を預けてきた。

浮かび上がる断片

「今日は一段と冷えるなぁ」

大学の講義を終え外に出ると、肌を突き刺すようなピリッとした寒さに思わず身震いした。マフラーをギュッと結び直し、首まで完全防備して歩き出した。

ふと、頭上を見上げる。はらはらと美しい白い欠片が舞い降りてきた。

と、近くのお店から聞こえてきた、陽気なクリスマスソング。街を彩る鮮やかな光のイルミネーションとツリーに自然と心が躍る。

もうじきクリスマスがやってくる。大輝さんと恋人同士になって初めて迎える今年のクリスマスは、きっと特別な思い出になるに違いない。

クリスマスイブは、ふたりで大阪《おおさか》に行く予定になっている。この前購入したばかりの旅行雑誌は、すでに付箋でいっぱいだ。計画を立てる時間も、私にとってすごく幸せな時間。

旅行まであと二週間を切ったし、体調管理には気をつけたいところだ。

彼の顔が頭に浮かび、自然と頬が緩む。

大輝さんは今日、仙台駅近くのホテルで学会に出ているそうで、それが終わったら病院には戻らず、直帰できるとのこと。

なので、彼の仕事が終わるまで、駅周辺のセレクトショップを回りながら、クリスマスプレゼントを選ぼうと思っている。

自然と左手首につけている、腕時計とブレスレットに目がいく。

大輝さんと親友たちからの誕生日プレゼント。どちらも私にとって、大切な宝物だ。すごく気に入っていて、毎日つけている。

大輝さんにも、喜んでもらえるようなプレゼントをあげたい。

心を弾ませながら、何件かセレクトショップを回り出した。

……確か、ここのお店、大輝さんが好きなブランドを取り扱っていたはず。

駅近のアーケード街にある、おしゃれなセレクトショップ。中に入ると、長身のイケメン店員さんが笑顔で迎えてくれた。

メンズものが展示されている二階へと足を進めていく。

大輝さんの好きなテイストは分かっているので、すぐに候補がいくつか見つかった。

鏡の前で彼の顔を思い浮かべながら、チェックしてみる。

ビビッときたのは、シャツとカーディガンの組み合わせだけれど、あちらのネイビーのジャケットもカッコいい。

大輝さんはモデルみたいにカッコいいしスタイルもいいから、全部、着こなせそう。

いい意味ですごく迷う。

悩んでいるうちに約束の時間が迫っているのに気づいた。ひとまず服を戻してお店を出て、駅の方に歩き始めた。

と、信号が赤になり足を止める。周りを見渡すと、帰宅ラッシュの時間なので、道路も歩道も人で溢れている。

そういえば、大輝さん、あのホテルで学会に出てるんだっけ。

ふとそんなことを思い出し、白い外観のホテルに目を向ける。

大輝さんを驚かせたいな。

そんな悪戯心に駆られ、ホテルの方へと歩みを進めていく。

ロビーにあるカフェで、ホットココアでも飲んで待つことにしよう。

カフェの方へと向かう途中、フロント近くのエレベーターの扉が開いた。自然とエレベーターの方に意識が流れ、降りてきた人たちに目がいく。

あ、大輝さんだ。

その中に彼の姿を見つけ、自然と頬が綻ぶ。

どうやら予定よりも、早く学会が終わったみたいだ。医師仲間と思われる人たちと、エレベーターの前で談笑している。

それにしても、スーツ姿の彼も凛としていてカッコいい。

しばらくうっとりとしながら見つめていた。そして、彼がその人たちと別れたタイミングで、駆け寄ろうとしたその矢先のこと。

大輝さんの背後にとある人物が見え、足を止める。とっさに死角となる大きな柱の陰に隠れた。

ドクドクと心臓が鳴るのは、きっと動揺からだ。

……あれは和葉さん、だよね？

彼女もお医者様だから、同じ学会に出席していても不思議ではない。

彼はきっぱり和葉さんとの縁談を断ってくれたし、向こうの家もそれに納得してくれて、話はなくなったと聞いている。和葉さんとも連絡をとっていないと言っていた。

なにより大輝さんが、私を裏切るような行為を絶対にしないのは分かっている。

それでも……。

彼女が大輝さんに対して好意を持っているのを知っているから、内心穏やかじゃいられない。

……私って、こんなにも嫉妬深い人間だったのか。

気になってどうしようもなく、ふたりの様子を陰から窺う。

なにを話しているのだろう。

次の瞬間、大輝さんの顔が明らかに曇った気がした。これは何事かと、ふたりに気づかれないようにそっと近づく。

「……小春さんってやっぱり〝あのとき〟の子だったのね」

あのとき？

意味深な和葉さんの言葉に、心がざわめく。

それと同時に、彼女と街で遭遇したときに抱いた、過去にどこかで会ったことがあるかもしれないという感覚が、勘違いではなかったのだと確信した。

やはり和葉さんと私は、どこかで出会っていたのだ。

いったい、どこで……？

だけど、いくら考えても記憶が見当たらない。

「……気づいてたのか。まさか小春になにか言ってないよな？」

大輝さんが顔を曇らせたのは、和葉さんの発言が原因だったようだ。

いつも冷静沈着な彼が、こんなにも焦っているところを見たことがない。戸惑いは増幅していく一方だ。

「ええ。言ってないわ。彼女、覚えていない様子だったから。あれだけのことを覚えていないはずがないのだけれども。だから、きっとなにか事情があると思って聞かなかった」

「そうか。察してくれてありがとう」

「大輝って、彼女のことになると本当に必死ね」

和葉さんが切なげに何度も小さく頷きながら、複雑な表情を浮かべる。

「……こんなことを言ったら、大輝の気分を害するかもしれないけれど、あなたが小春さんのそばにいるのは、罪悪感があるからじゃないの？　あのとき、大輝はすごく自分を責めてた。だとすれば、小春さんに抱くあなたの感情は、愛情じゃなく同情だと思う」

「それは……」

なにかを言いかけた大輝さんの言葉を遮ったのは、その場に響いたスマホのバイブ音だ。彼が上着の胸ポケットから、スマホを取り出した。

「……病院からだ。出るよ」

「ええ。どうぞ」

和葉さんに断りをいれてから、大輝さんはその電話に出た。

「もしもし、星宮です。あ、はい。分かりました。今から向かいます」

「緊急の呼び出し?」

和葉さんがすぐにそう察し、問いかける。

「ああ。工場で爆発事故が発生したらしい。外傷患者がひっきりなしに運ばれていて、人手が足りないようだ。話の途中で申し訳ないが……」

「いいから早く行って」

「すまないが、そうさせてもらう」

大輝さんが、足早にホテルの玄関に向かっていく。

小さくなる背中を、ぼんやりと見つめることしかできない。

心は消化不良気味で、疼きがどんどん深くなっていく。

この際、和葉さんに聞いてみようか。

柱の陰でひとり葛藤していたら、和葉さんがその場を離れていくのが見えた。

結局、彼女にさっきの発言の真意を聞けなかった。

和葉さんがホテルを出て行ったのを見届けてから、私もホテルをあとにした。

重い足取りで、駅の方へと歩き始める。

と、手に持つスマホが光ったのが見え、意識がそちらに動いた。

……大輝さんからだった。

きっと、今日は会えなくなったという電話だろう。ゆっくりと画面をタップした。

「もしもし」

『あ、小春？　実は急患が入って病院から呼び出しがあって、今、病院に向かっているんだ。悪いんだけど……』

「分かった。会うのは、また今度ね。早く行ってあげて」

やはりその電話だったと、心の中で静かに納得する。

『本当にごめん。あとで電話するから』

「大丈夫だから。じゃあまたあとでね」

今日は会えなくなって、よかったのかもしれない。

きっとさっきの会話が気になって、普通にできなかったと思うから。

真相を確かめたいが、大輝さんは私に隠しておきたい様子だった。

〝あのとき〟の子。

和葉さんの言葉が、頭の中をループし続ける。

戸惑いは増すばかりだ。

事情は今、よく分からないけれど、大輝さんが私のそばにいてくれるのは、同情なんかじゃないと思いたい。

ぼんやりと頭上に広がる曇天を見つめながら、静かに息を吐いた。


それから一週間が過ぎた。

あれから毎日、家に大輝さんが顔を出している。何度もあの日のことを聞こうとタイミングを計ってみたけれど、触れてはいけない気がして聞けずじまいのまま今に至る。

気づけば重い溜め息が、儚く宙に消えていく。

悶々としながら、大学近くのバス停から市内を循環するバスに乗り込んだ。座席に腰を下ろし、ふと窓の外に目を向ける。

仙台の街は、ここ数年の中で一番といっていいほど雪が降り積もり、白銀の世界が広がっている。特に今日は冷え込みが厳しく、路面もアイスバーン状態だ。

街を彩る煌びやかなクリスマスイルミネーションを眺めていたら、自分だけが置いてけぼりを喰らっている感覚に陥ってしまった。

大阪旅行が目前に迫っているというのに、こんな状態のまま行って楽しめるのかと不安が頭を過る。

旅行前に大輝さんに聞いてしまって、スッキリして当日を迎えるか。それとも、帰ってきてから、タイミングを見て改めて聞くか。

家の最寄りの停留所に着くまでの間、ずっと自問自答し続ける。

……やっぱり今日、大輝さんが家に帰ってきたら聞こう。

そう決心したそのときだった。

突如、ブレーキ音とクラクション音が車内に響いた。

なにがあったのかと、とっさに前方を見る。

嘘、でしょう？

まさかの事態にハッと息を呑んだ。

ぶつかる！

そう思ったときにはもう遅くて、車内に悲鳴が響き渡った次の瞬間。

ドンッという鋭い衝撃を感じ、頭と胸を強く打ち付けた。

うっ、んっ……。

体に走る痛みに思わず顔を歪める。息を吸うのも苦しい。

はぁ、はぁ、はぁ……。

私、どうなっちゃう……のかな。
だんだんと、手足の感覚がなくなってきている気がする。
それに、すごく寒い。
頭に浮かんだのは、ひだまりのような優しい笑顔だ。
反射的に手を伸ばす。
「大輝、さん……」
……たす、けて。
いつものように、抱きしめて……ほしい。
どんなにそう願っても、伸ばした手を握ってくれる王子様は現れない。
漆黒の闇に呑み込まれていく中、絶望の涙が頬を伝って零れ落ちていった。

＊　＊　＊

その日は冷え込みがひどく、大荒れの天気だった。

病院には、朝から脳卒中や心筋梗塞、外傷や熱傷など、次々と患者が運ばれてきている。ひっきりなしにその対応に追われている状態だ。

そんな中、外傷コールが鳴り響き、救急初療室へと急いだ。

「スリップによる多重事故が発生。重傷の患者が四名、三分後に到着するので、対応願います」

救命部長の声に、現場がピリリと緊張感に包まれる。それからすぐに患者が運び込まれてきた。看護師や応援にきてくれた先生たちと連携を取りながら、患者対応を始めた。

「星宮先生、お願いします」

「はい」

救急救命は、時間との勝負だ。一分、一秒が生死を左右するので、急いで患者のもとに向かう。

「患者は四十代男性。先の事故でバスの車外に投げ出された模様。意識不明の状態で発見。全身の軟組織に損傷、裂傷あり。左足に開放骨折も見られます。現場で酸素百パーセント投与済みです」

「分かりました。ありがとうございます。ひとまず、一、二の三でこっちに移しましょう」

救急救命士の申し送りを聞きながら、救護にあたるスタッフたちと一緒にストレッチャーから診察台へと患者を移す。

「聞こえますか？　救急医の星宮です。ちょっと胸とお腹を診させてもらいますね」

スタッフ総出ではさみで服を切り、胸のあたりと腹部を触診する。

脈が弱く呼吸も弱い。そして、腹部がパンパンに腫れている。

「腹部出血の疑いがあります。すぐにどこから出血しているか確認をしましょう。早急に胸部腹部のX線撮影、頭部CTにも回して。手術室にも予約を」

「分かりました」

看護師にそう指示を出しその場を離れ、手袋を替えながら次の患者のもとへと急ぐ。

「患者の容態は？」

少しでも早く状況を掴むため、対応にあたっていたスタッフに声をかける。

「患者は二十代女性。横転したバスの中で、意識がない状態で発見。顔面蒼白。脈圧低下の症状が見られ、血圧七十の三十の状態です」

「どこかで大量出血をしている恐れがありますね。ひとまず胸部超音波検査の準備をお願いします」

「はい、すぐに準備します！」

カーテンをサッと開け、対応にあたろうとしたそのときだった。

……嘘、だろう？

こ、はる……？

目の前に飛び込んできた姿に、思わず言葉を失った。

「星宮先生、どうかされたんですか？」

俺の異変に気づいた看護師が、こちらを見つめてくる。

「……いや、なんでもないです」

あまりの衝撃に、動悸と体の震えが治まらない。

「本当に大丈夫ですか？」

「……大丈夫です」

それは自分自身に言い聞かせる言葉でもあった。

ここで逃げてしまったら、あのときと同じだ。

あのとき俺は無力で、ただただ無事を祈ることしかできなかった。

小春を守ることも、悲しみを取り除いてやることもできない、無力な人間だった。

それをずっと後悔して生きてきた。

あの日の出来事があったから、俺は救急医になる道を選んだのだ。

今度こそ、小春を救ってみせる。

深呼吸してから、彼女を触診し始めた。

心音減弱、頸動脈の怒張、橈骨《とうこつ》動脈の脈が触れていない。そして、明らかにチアノーゼの症状が現れ始めている。

「心タンポナーデの疑いがあります。すぐに心エコー検査をしましょう」

点滴を開始してから心エコー検査をすると、やはり小春は心タンポナーデを発症していた。

おそらく胸部を強打したものと思われる。すぐに処置しないと、命を落としかねない。

「今すぐに心臓外科の先生に連絡をし……」

「心臓外科の先生たちは、今、みんな手術の執刀中で……。高村《たかむら》先生が今、病院に向かっているみたいなんですが、おそらくあと二十分はかかるかと」

そんな……。

一刻も早く処置しなければ、小春の命が危ういというのに。

悪天候、多重事故、いろんな悪状況が重なり、絶体絶命の状態だ。

エコーで見た状態を考えると、高村先生の到着は待てない。

「状況は分かりました。ただ、今すぐ処置をしないと、この患者は命を落とす可能性が高い。なので、高村先生が到着するまで、ここで俺が処置を行います」

「……分かりました。指示をください」

周りのスタッフも覚悟を決め、動き始めた。

「今から心嚢穿刺《しんのうせんし》を開始します」

慎重に小春の胸部に針を刺す。

だが……。

「先生、血圧が戻りません。頸動脈の触れもないです」

看護師の言うとおり、一向に小春の容態は回復する気配がない。心嚢穿刺では、十分に体液を除去できないのだろう。

だとすれば……。

「開胸して、体液を直接排除しましょう」

「ここで、ですか？」

「はい。手術室が空くのを待っている猶予はないです。すぐに麻酔医と手が空いている先生を呼んでください」

「分かりました」

小春が助かる道は、それしかない。

人員が揃ったところで覚悟を決め、メスを手に持った。

慎重にメスをいれ、小春の体と向き合う。

必ず俺が助けるから。

こんなところで死なせやしない。

「吸引開始」

「はい」

体液を除去し、手で直接心臓に触れる。すると、心臓の収縮を感じることができた。

「先生、血圧九十の六十に上昇。頸動脈、橈骨動脈ともに触れを感じます」

モニターを見て、ほっと胸を撫で下ろす。

ひとまず危機的状況は、脱したようだ。

「星宮先生、遅くなってすまない。状況は？」

そのタイミングで高村先生が到着し、的確に状況を説明する。

「ここまでよくやってくれた。ありがとう。手術室が空いたようだから、あとは俺が引き継ぐよ。移動後、ただちに腹腔内の確認、心臓の修復に取り掛かる。じゃあ行くよ」

「お願いします」

高村先生に向かって深く頭を下げると、彼は俺の肩をポンポンと叩き、手術室に向かっていった。

俺ができるのは、ここまでだ。

やれるだけのことはやった。

あとは高村先生を信じて、俺も救急医として今、自分ができることを全うしよう。

＊＊＊

深い闇に落ちていく。

どうしてこうなったんだっけ？

ああ、そうだ。

私、バスに乗ってて事故に遭ったんだ。

さっきまですごく苦しかったのに、不思議と恐怖も痛みも感じない。

頭の中を流れる今までの記憶。

楽しかったこと。うれしかったこと。

辛かったこと。

今までの人生で味わってきた、いろんな思い出が走馬灯のように脳内を駆け巡る。
ああ、私、きっと死ぬんだ。
とっさにそう思った。
人は死ぬとき、走馬灯を見ると聞いた覚えがある。
今、まさに私が体験しているのが、それにあたるのだろう。
ごめんね、みんな……。
大輝さん……。
やっと思いが通じ合ったのに。
聞きたいことも聞けずに、人生を終えるみたい。
死を覚悟し、大切な人たちの顔を思い浮かべた矢先。
これに似たような感覚を、どこかで味わったような……。
突如、襲ってきた新たな思いに、頭の中を必死に駆け巡らせる。
……どこでだっけ。
思い出さなきゃいけない気がする。
と、次の瞬間、波の音が耳に届いた。
すると、四歳くらい女の子が泣いている情景が頭に浮かんだ。

その女の子に駆け寄っていったのは……。

あれは、幼いときの……私？

幼き頃の私は、その女の子に駆け寄り、話を聞いている様子。

そして、その子が泣いてる理由を知った。

どうやらお気に入りの帽子が風で飛ばされてしまい、海に流されたようだ。それを聞いた幼き頃の私は、女の子が持っていた網を借り、海に入ってどんどん足を進めていく。

もう少しで、帽子に届きそう。

だが、次の瞬間、大きな波が襲ってきて、小さな私の体は海の中へと呑み込まれていった。

ハッと息を呑むと、周りの景色が一気に変わり、傍観者であった私も海の中へと引きずり込まれていた。

呼吸ができず冷たい海の中で、必死にもがき続ける。

これは、夢なの？

でも、夢にしては妙にリアルな気がする。

なんだろう。

この感覚。

昔、どこかで味わったような気が……。

と、意識を失う寸前。

私の手に触れた大きな手に、不思議と安堵感を抱いた。

……誰の手だろう？

大輝さん？

いや、違う。

それから少しして、頭に流れ込んできた映像に、ドクンと心臓が激しく打ち鳴らされた。

――あれは。

お父さんの……手だ。

ずっと霞みがかっていた実父の顔が、鮮明に頭に浮かんだ。

ああ、そうだった。

今、全部が繋がった気がする。

母が異常なまでに、実父の痕跡を消そうとしたわけ。

私自身が極端に水を嫌う理由。

どうして私は、こんなにも重大な事実を、今の今まで記憶から消し去ってしまっていたのだろう。

実父は、交通事故で死んだんじゃない。

あの夏の日、海で溺れた私を助けたせいで。

……命を落としたんだ。

＊＊＊

ううっ……。

んっ……うっ……。

鼻を掠めるのは、消毒液の匂いだ。

「星宮さん！　聞こえますか？」

「……ううっ……ん」

突如、耳に届いた誰かの声。

そして、瞼の裏に感じた眩い光に導かれるように、ゆっくりと目を開けた。

「至急、星宮先生を呼んで」

白い服を着た女性が、誰かにそう言うのが聞こえた。

ここは、どこ……？

私、生きて……るの……？

だんだんと意識が覚醒していき、先ほど蘇ってきた過去の断片が心を抉る。

生還したという安堵感よりも、自分のせいで実父が死んだのだという事実に、胸が締め付けられている。

体の震えが止まらない。

「星宮さん、大丈夫ですか？」

女性が心配そうに顔を覗き込んできた次の瞬間。

「小春！」

聞きなれた声が耳に届いた。横になったまま、視線をそちらに動かす。

「……た、いきさん」

そこには、最愛の人の姿があった。

私のもとへと駆け寄ってきて、ベッド横にしゃがみ込んだ。すぐに私の手をギュッと握り、そっと頭を撫で始めた。

「目が覚めて、本当によかった……」

大輝さんの瞳が、じんわりと滲んでいる。

あの日もこんな風に、彼は私に声をかけてくれた。

六歳の夏、七ヶ浜町《しちがはままち》にある海水浴場の砂浜で目を覚ました私は、隣に横たわる実父の変わり果てた姿を見て、ショックのあまり泣き出した。それを見た大輝さんが私を宥めてくれて、こんな風に温かい手を差し伸べてくれたのだ。その隣に、和葉さんがいたことも頭の中に蘇ってきた。

〝あのとき〟の子というのは、こういう意味だったんだ。

……全部、全部、思い出した。

「わ、たし……あああっ……」

とめどなく涙が溢れてきて、声を上げて泣き出した。

「小春、どこか痛いの？　落ち着いて。もう大丈夫だから」

大輝さんが必死に宥めてくる。

でも、暴れ出した感情は、収まりそうにない。

だって、私は……。

大好きなお母さんから、最愛の人を奪ったの。

大輝さんにも、重い足枷を嵌めてしまったの。

それなのに。
今までそれを忘れ、のうのうと生きてきてしまった。
一生をかけても償えないほどの罪を犯した私は、この先いったいどうしたらいいの？
……その答えを、見い出せそうにない。

私がいるべき場所

病室の窓から、外の景色をぼんやりと見つめる。年が明けるとともに雪は降り止み、ここ数日は、この時期にしては珍しいほど晴天が続いている。

事故後、私は緊急手術を経て、集中治療室で数日過ごした。その後、一般病棟の個室へと移った。それからは心臓リハビリテーションなどを経て、順調に体調が回復した。

大輝さんが迅速に処置をしてくれたおかげで命を取り留められたのだと、私の手術を執刀してくれた高村先生から聞いた。

そして、約一か月にわたった入院生活が、明日終わろうとしている。

でも、心は晴れない。

それは、あの件に関して、私の中で明確な答えが出せていないからだ。記憶を取り戻したことは、誰にも言えていない。

一般病棟に移ってから、家族や楓花たちが会いに来てくれている。ありがたい気持ちと申し訳ない気持ちが混同して、きっとそっけない態度を取ってしまっていると思う。特に家族に対して、どんな風に接したらいいか分からなくて、まともに目を合わせられていない状態だ。

明日以降、どうすべきなのだろう。

自宅で今までどおり過ごせるだろうか。いや、こんな私が戻っていいわけがない。

それならば、家を出て、ひとり暮らしを始めればいいのかな。……そういう問題でもない気がする。

……はる。

……ってば。

ん？

「小春、話、聞いてる？」

ベッド横の椅子に座る大輝さんが、私の顔を覗き込んできた。

「……あ、ごめん。聞いてなかった」

最近は、こんな風に話が聞こえていないこともしばしばだ。

「元気がないけど、なにか悩み事でもあるの？」

「ううん。なにもないよ」

首を横に振り、笑ってみせた。

記憶を取り戻してから、和葉さんのあの日の発言を考えないときはない。

大輝さんは同情で私のそばにいてくれているのかもしれない。それを直接、本人に聞いて確かめても、優しい彼は即否定するだろう。

「なにかあったらいつでも言って」

「うん。ありがとう」

「退院したらご飯を食べに行こう。それから旅行にも。小春の誕生日の頃には、きっと行けると思う。楽しみだね」

彼がふわりと笑いながら、私の頭を撫で上げた。うれしいはずの行為が、今はとてつもなく辛い。胸の痛みの行進が粛々と続いている。

「あのね……」

「ん？　どうした？」

私の顔を覗き込みながら、彼がじっと返答を待つ。

「あ、えっと……やっぱりなんでもない」

頭の中をちらつく言葉をグッと呑み込んで、必死に頬を上げる。

別れようって私が言ったら、きっと大輝さんを解放してあげられるのだ。でも、今はまだ、その言葉が伝えられそうにない。

「明日、十一時に迎えに来るよ。家に戻ったら、美味しいものを食べながらのんびり過ごそう」

「……うん」

彼は明日休みを取り、迎えにきてくれる予定だ。

それまでにこれから私がどうすべきか。どう家族と向き合っていくか。決めておかなければいけない。

そう思いながら、静かに息を吐く。

病室の窓から見える空は、私の心とは対照的に、鮮やかな青を纏っていた。


翌日。

朝食を食べ、最後の回診を受けてから、服やタオル、またスマホや財布などの貴重品をバッグにまとめ出した。

結局、昨日は一睡もできなかった。

もうじき大輝さんが迎えにくるけれど、答えは出せていない。そわそわと落ち着かなくて、むやみに病室を歩き回る。

家に帰るのが、こんなにも怖いと思ったことはないかもしれない。そもそも、そんな感情を抱いたことがなかった。

あの家は温かさに満ちていて、大好きな場所だから。でも、すべてを思い出してしまった以上、今までのようには過ごせない。

窓の方に目を向ける。

昨日までの青空が嘘のようだ。

まるで光を失った私の心を映し出しているような、グレー懸かった空。ひらひらと舞い降りていく雪の欠片をぼんやりと見つめていた。

儚げに消えていく雪を見ていたら、あの日、触れた氷のように冷たい実父の頬を鮮明に思い出し、視界がじんわりと滲んでいく。

やっぱりこのまま家には戻れない。

自分の犯した罪と向き合うために、あの場所に行かなければいけない。

そんな衝動に駆られ、ペンと紙を手に取った。

そして、ベッド横のサイドテーブルに大輝さん宛ての置き手紙を残し、バッグを持って病室をあとにした。

＊　＊　＊

入退院患者専用の駐車場に車を停め、病院の出入り口を目指して歩き出した。

頭上を見上げれば、はらはらと雪の欠片が舞い降りてくる。

あの事故から約一か月。小春の体調が順調に回復し、ほっとしている。これからしばらくは、通院や定期的な検査が必要となるが、日常生活を送るのは可能だ。

最近の小春は、ずっと元気がないように見える。一か月も入院生活が続けば、退屈で飽きるだろうし、そうなっても仕方がないと思う。

退院したら無理させない程度にどこかに出かけ、美味しいものをたくさん食べさせてあげたい。

食べることが好きな小春は、きっと喜ぶだろう。

ふと、小春の笑顔が思い浮かび、自然と頬が緩んだ。

ここに通うのも、今日が最後だ。

小春の病室のドアをノックした。

だが、数秒経っても、なんの応答もない。

「小春、入るよ？」

ゆっくりとドアを開け、中の様子を窺いながら足を進めていく。

やはり部屋の中に彼女の姿はない。病院着などはきちんと整えられた状態でベッドの上に片づけてあり、小春の荷物は、すでになくなっていた。

もしかして、先生方に挨拶にでも行っているのだろうか。

ひとまずナースステーションに向かおうとしたそのときだった。

ん？

ベッド横のサイドテーブルの上に折りたたまれた紙が見え、反射的にそれを手に取った。

紙の中央に『大輝さんへ』と書かれているのが目に入った。

どうやら俺宛てのメッセージらしい。

なぜこのタイミングでこれを残したのだろう。

首を傾げながら紙を捲り、文章を辿り始めた。

【大輝さんへ。ごめんなさい。ひとりで考えたいことがあるので、先に病院を出ます。】

まさかの内容に、ハッと息を呑んだ。

ここ最近の小春の様子を思い返し、不安が押し寄せてくる。妙な胸騒ぎを覚え、病室を飛び出した。

「あれ？　星宮先生？」

慌ててエレベーターに向かおうとしたところ、名前を呼ばれ足を止めた。

俺に声をかけてきたのは、看護師の志賀《しが》さんだった。

なぜか俺を見て驚いたような顔をしている。どうしてこんなリアクションなのだろうと疑問を抱きながらも、ひとまず挨拶をしようと思い、彼女の方に近づいた。

「入院中、小春がお世話になりました」

「いえいえ。小春ちゃんの退院おめでとうございます。さっき小春ちゃんと話していたときに、星宮先生が迎えに来られなくなったと聞いたので。星宮先生の姿を見かけて、思わず声をかけてしまいました」

そういうことか。

だから彼女はあんな顔をしたのだと、心の中で静かに納得した。

小春は、いったいどこに向かったのだろう。

「小春にうまく連絡が伝わっていなかったみたいで、すれ違ってしまったみたいです」

適当にそう言って、その場を凌いでみる。

「そうだったんですね。そういえば、星宮先生のご実家って七ヶ浜町なんですね？

夏場に海水浴が楽しめて素敵な場所ですよね」

「……なぜ、七ヶ浜町だと？」

まさかのワードに、心臓がどよめいた。

七ヶ浜町と聞いて思い浮かぶ節は、俺の中でひとつしかない。

明瞭にあの日の出来事が頭の中に蘇ってきて、心音がドクドクと波打つ。

もしかして、小春は……。

「小春ちゃんに聞かれたんです。病院から七ヶ浜町方面行きのバスが出てるかって。出てるけど今の時期だと便数が少ないよって伝えたら、電車かタクシーで帰るって言っていたので」

我知らず目を見開いた。

いつだ？

いつから、気づいてたんだ？

小春があのときの記憶を思い出していた事実を知り、血の気が引いていく。

「志賀さん、すみません！　急用を思い出したので失礼します！」

どうして気づいてやれなかった？

なんで小春のSOSのサインを見逃した？

感受性が強い彼女だからこそ、責任を感じてなにをするか分からない。

どうして、俺は……。

ギリッと奥歯を噛みしめた。

今は後悔している暇はない。

とにかく、小春を捜し出すのが先決だ。

急いで車に戻り、七ヶ浜町方面へと車を走らせ始めた。

＊＊＊

……この場所だ。

鼻をつく潮の匂い。冷たい風が頬を通り過ぎていく。

目の前に広がる果てしない海は、大きく荒れている。砂浜の端の方まで波が流れてきて、足元を濡らしていく。

ずっと鞄の中で、スマホが震えている。

きっと大輝さんからだろう。

でも、確認する気にはなれない。ただただぼんやりと水面からふわふわと巻き上がる、儚い雪の花を見つめていた。
六歳の夏、私はここで溺れた。
そして、私を助けようとして、実父が死んだのだ。
「お父さん……ごめんなさい……ごめん、なさい……ううっ……わあぁぁ……」
鮮明にあのときの記憶が蘇ってきて、その場に泣き崩れた。
母はどんな気持ちで、今まで私と接してきたのだろう。
心の奥底では、恨んでいるのではないか。
やっぱり私は、あの家に帰ってはいけない気がする。
いっそのこと、ここで……。
頭をよぎる最悪の結末。
だけど、すぐにそれはしてはいけないことだと気づいた。
実父が命をかけて私を守ってくれたのに、この命を投げ出すなんてできない。
そんなことをしたら、実父の存在すべてを否定することになってしまう。
どうしたらいいの？
思わず天を仰いだその刹那。
「小春！」

聞きなれた声が後方から届き、ドクンと心臓が打ち鳴らされた。とっさに後方を振り向く。

「大輝さん……」

彼の姿が飛び込んできて、大きく目を見開きながら立ち上がる。

「ここは寒いから家に帰ろう。病み上がりの体にはよくないから」

彼はいつもみたいに優しく笑いながら、こちらにゆっくりと足を進めてくる。

肩で息をしているその様から、必死に私を捜し回ってくれていたのではないかと思われる。

どうしてここにいるの？　とは聞いてこない。

彼はきっと、私がここにいる理由に気づいているのだろう。

「あの家には戻らない」

首を横に振りながら、後ずさりする。

「どうして？　義母さんも父さんも、小春の帰りを待ってるよ」

「そんなわけない。私がすべてを壊したんだから。だって、私は……ここでお母さんの最愛の人を奪ったんだよ？　本当は、私を恨んでるに決まってる。私、全部、思い出したの」

「気づいてやれなくてごめん。いつから思い出してたの？」

悲しげな瞳を見ていられなくて、視線を砂浜に落とす。

「事故に遭って……いろんな記憶が走馬灯のように流れ込んできたの。そのときにあの日のことも、お父さんのことも……思い出した」

ギュッと下唇を噛んだ。

「そうだったのか」

冷たく重苦しい沈黙が、ふたりの間を通り過ぎていく。

こうなってしまった以上、伝えるならば今しかないのかもしれない。拳を握りながら、ゆっくりと頭を上げた。

「……もう私のそばにいてくれなくていいよ」

やっと言えた。

これで彼を解放してあげられる。

だけど、ほっとするどころか、胸の疼きはどんどんひどくなるばかり。涙を堪えようと必死になる。

「どうしてそんな風に言うの？　俺は……」

「同情でそばにいてくれようとしたんでしょ？　この前、和葉さんとホテルで話しているのを聞いたの。あのときは、言ってる意味がまるで分からなかった。でも、記憶が戻って、あの発言の意味を理解できたの。私は、もう大丈夫。だから、普通の義兄妹に戻ろう？」

頬を伝う涙を拭いながら、口角を上げてみせた。

「俺は同情で誰かと付き合うほど、優しい人間じゃないよ。小春が好きだから一緒にいたいんだ」

別れが辛くなるからこれ以上、私の心を掻き乱さないでと、言葉にできない思いを込めて、首を横に振り続ける。

「もうそういう優しさはいらないから。やめて」

「やめないよ。小春の好きなところなら、一日中、伝えられるくらいたくさんあるから」

大輝さんがさらに足を進めてきて、口元をほんのりと弓なりにしながら私の頬に手を当てた。

拒否しなきゃいけないのに、それができないのは、きっと私の弱さだ。

「俺は小春を心から愛してる。だから、俺から離れようとしても、一生、離してやらない」

甘い吐息が、頬を掠めていった。

〝愛してる〟

人生で初めて言われた、重厚で尊い言葉に胸が熱くなる。気づけば、視界がさらに滲んでいた。

彼は、とことん私を甘やかす。

こんなのズルい。

大好きな人にこんなうれしいことを言われたら、これからも一緒にいたいって思ってしまう。

「俺が幸せにしたいって思う女性は、今もこれからも小春だけだ」

頬を伝う涙を拭いながら、大輝さんがじっと私の目を見つめてくる。

優しく情熱的な瞳に、なにもかも吸い込まれてしまいそう。

「もうひとつ伝えておくけど、義母さんは、小春を恨んでなんかいないと思う」

「……それは」

すべての記憶を取り戻した今、母の本心がどこにあるのか分からず、押し黙った。

「小春が熱を出したとき、義母さんは一晩中寝ないで、そばに付き添ってくれていたよね？　学校行事のときも、一番前の席でビデオの撮影するんだって何時間も前から場所取りして。中学のとき、小春がピアノコンコールで受賞を逃したときさ、小春が友達のために、泣いて喜んであげられる優しい子に育ってくれてうれしいって、義母さん、すごく喜んでたよ？　どれだけ愛されているか、小春自身がよく分かるだろう？」

彼の言うとおり、記憶の中にある母はいつも優しく、愛されていると感じるものばかりだ。

でも……。

胸に葛藤が渦巻く。顔を強張らせながら、彼を見上げる。

「私……どうしたら、いいのか分からない」

「だったら、今から一緒に家に戻って、義母さんと正面から向き合えばいいと思う」

「……お母さんと正面から向き合う？」

「うん。実際に目を見て、腹を割って話せばいいよ。俺たちの交際も、きちんと受け止めてくれただろう？　だから、小春の気持ちを正直に話したら、きっと納得のいく答えが出るはずだよ」

大輝さんの言葉が、スッと心に染み渡っていく。

「だから一緒に帰ろう。俺たちの家へ」

頬に当てられていた大きな掌が、下方に落ちていく。そして、道しるべのように目の前に差し出された。

「……うん。ちゃんとお母さんと話す」

覚悟を決め、自身の手を重ねると、心に一筋の希望の光が差し込んだように思えた。

家に戻ると、私の姿を見て安堵した顔を浮かべる両親の姿があった。

母がすぐさま駆け寄ってきて、強く私を抱きしめる。

「……無事で本当によかった。追い込んでごめんね。いつかは本当のことを話さなきゃって頭では分かっていたの。でも、伝えるのが怖くて……」

こんな母の反応は、予想外だ。

瞳を揺らしながら、大輝さんの方に目を向ける。

彼はほんのりと口元を弓なりにしながら静かに頷き、無言のエールをくれた。

「お母さんはなにも悪くない。悪いのは私の方だよ。本当に……ごめんなさい」

母に伝えたい思いがたくさんある。でも、うまく言葉が出てこない。

戸惑っていたら、義父が私と母の背中にそっと手を置いた。

「小春ちゃん、おかえり。体が冷えただろう。ホットココアでも飲みながら、みんなで少し話そうか」

義父が優しい瞳を向けてくる。

ダイニングの方に導かれ、両親と向かい合う形で椅子に腰を下ろした。それを見て、大輝さんが食器棚からマグカップを取り出した。

「どうぞ」

「……ありがとう」

少しして、大輝さんがココアを淹れてテーブルの方へとやってきた。甘い香りが鼻を掠めていく。

それぞれの前にマグカップを置いてから、大輝さんは私の隣の席に腰を沈めた。そして、テーブルの下でギュッと手を握ってくれた。

ちゃんと思いを伝えなきゃ。

彼の手を握り返しながら、ゆっくりと口を開いた。

「心配をかけてごめんなさい。それから……あの日のことも、私のせいで……ごめんなさい」

罪悪感に打ちのめされ、言葉が震える。

母は今、どんな顔をしているのだろう。怖くて直視できなくてうつむく。

「小春、こっちを見て」

穏やかな声が耳に届き、おずおずと顔を上げる。

「小春はなにも悪くない。あのとき幼い小春に付き添わずにひとりで行かせてしまった私が悪かったのよ。小春があのときの出来事を思い出すのが怖くて、途中から病院にも連れて行かなくなった。それに、英人《ひでと》さんの痕跡を残したくなくて、異常なほどにあなたから彼を遠ざけ続けた。命をかけて小春を守ってくれたというのに、私は……」

母が申し訳なさそうに顔を歪める。

こんな風に苦しめてしまったのは、紛れもなく私のせいなのだと思うと、胸が締め付けられる。

「英人は、美智さんの気持ちを分かってくれているはずだよ。私だってあの日、病み上がりの英人を誘ったのを後悔している。彼の体調が万全だったら、あんなことにはならなかったのかもしれない」

義父が母の背中を摩りながら、切なげに微笑む。

普段、あれだけ陽気に見える彼にも、こんな葛藤があったとは。

ドクドクと心音が波立つのを感じながら、黙って両親を見つめていた。

「……俺だって、テントに向かう途中の小春に出くわしたときに、一緒に着いていけばよかったって、ずっと後悔して生きてきた。なにより泣きじゃくる小春を見て、なにもしてやれない無力な自分がやるせなかった」

隣からおにいちゃんの声が聞こえ、意識がそちらに動く。

物憂げな瞳が向けられ、あの日の和葉さんの言葉が頭の中に蘇ってきた。

『あのとき、大輝はすごく自分を責めてた』

あの発言は、こういう意味だったのだと妙に納得がいった。

私が記憶を閉ざしてしまったせいで、私の知らないところで大切な人たちがこんなにも葛藤し、己を責め続けていたなんて。

申し訳なくなり、視線をテーブルの上にあるマグカップに落とした。

「すべては私が制止を聞かないで、ひとりでテントに向かったせいで起きたことだから。私がすべて悪いの。だから、みんなにはそんな風に思ってほしくない」

首を横に振りながら、みんなの顔を見つめる。

「小春がそう思ってくれるように、私たちも小春に自分を責めてほしくないって思ってる」

そう発したのは、母だった。そのままこちらに歩み寄ってきて、隣にしゃがみ込んだ。そして、そっと私の手を握ってくれた。

「小春には笑顔でいてほしいし、幸せであってほしい。それが私たち家族の思いよ。みんな小春が大好きだから」

母の言葉に、義父と大輝さんも強く頷いている。

何度謝っても、許されないことをしたのに、誰ひとり私を責めようとはしない。こんな私を、温かい心で受け入れてくれようとしてくれる。

いつだってここは、春の陽だまりのような優しさに溢れている。

私にとって、かけがえのない場所。

だから、我儘を言えば……。

「……私もみんなのことが……大好き。ずっと、ずっとこの場所で、みんなと笑って過ごしていきたい」

それが、私の本当の気持ちだ。

母の胸の中に飛び込み、幼い子供のように声を上げて泣き続けた。

みんなそれぞれ抱えていた思いがあって、過去に蓋をして生きてきた。

それは全部、私を守るため。

優しい嘘で繋がってきた私たち家族。

でも、今日、この瞬間、本音が言えた私たちは、やっと本当の意味で本物の家族になれた気がする。

君がいてくれたから

「お父さん、もうじき私たち結婚式を挙げるの」

「必ず小春さんを幸せにしますから、安心して見守っていてください」

実父の墓前の前で、ふたりで手を合わせながら結婚の報告をした。

月日が流れるのは、本当に早いものだ。私が記憶を取り戻してから、三年半が過ぎようとしている。

あれから毎年、実父の命日には、家族四人でお墓参りに行くようになった。また、実父の実家に顔を出し、祖父母とも交流を持つようになった。

私は大学を卒業後、義父の知り合いの開業医の病院で心理カウンセラーとして働き始めた。まだまだ勉強の日々。でも、自身の過去の経験を通して患者さんと向き合い、ひとりでも多くの人の心の病を治していけたらと思っている。

大輝さんとは、大学を出てしばらく経ってから同棲を始め、二十四歳の誕生日にプロポーズされ、今秋結婚式を挙げる。

「そろそろ行こうか?」

「うん。そうだね。お父さん、また来るからね」

そんな約束をして、ふたり並んで歩き出す。

「結婚式の準備を始めてから、ここまでなんかあっという間だったな」

「そうだね。まだまだ実感がないけど」

大輝さんは病院の跡取りでもあるので、関係各位へのお披露目を兼ねて大規模な式を行うのではないかと、心のどこかで覚悟していた。でも、義父が『ふたりの好きにしたらいいよ』と言ってくれたので、小さな結婚式場で大切な人たちだけを招くことにした。

「今日は、小春のドレス選びだからすごく楽しみなんだ。かわいい小春をたくさん撮影できると思うと、今から心が躍るよ。時間をかけて、じっくり選んでいいからね」

大輝さんがうれしそうに頬を緩ませる。

このあと結婚式の打ち合わせがあり、ドレスとタキシード、そして、アクセサリーなどの小物類を選ぶ予定になっている。

そういうのって普通、花嫁の方がテンションが上がるものなのに……大輝さんは変わってる。

クスクスと笑いながら、美しい横顔を見上げる。すると、不思議そうに首を傾げる彼と視線が交わった。

「なんで笑ってるの？」

「ん？　とっても理解力がある男性が、旦那様になるのがありがたいなと思って」

「結婚式は一生に一度の特別なものだからね。小春が納得するドレスを選んでほしいんだよ。そういえば、小春が小さい頃、『大きくなったら大輝おにいちゃんのお嫁さんになる』って言ってくれてたよね」

彼が目を細める。

言われてみれば、幼稚園の頃、ドラマを観ている最中にウエディングドレスを着た綺麗な女性が出てきたシーンで、そんな発言をした覚えがあるような。

「まさか現実になるなんて、びっくりだね」

「きっと、こうなる運命だったんだよ。毎日かわいい小春と一緒にいられて、本当に幸せだよ」

こういうキザなセリフを恥ずかしげもなく言ってくるところも、昔からずっと変わらない。

私の最愛の人は、とことん過保護で溺愛体質で、そして、究極のロマンティストだ。

ドレスの試着を始めて一時間あまり。

フィッティングルームで試着を繰り返す中で、一着のドレスに心がときめいた。

鏡の前で、全身をくまなくチェックしてみる。

全体に施されたグリッターや、腰元のシフォン素材のリボンが目を引くAラインのドレス。背中の部分に施されているイリュージョンレースも上品で、華やかさを演出してくれている。

「とってもお似合いですよ」

衣装担当の方がそう言ってくれ、自然と頬が緩んだ。

「ありがとうございます」

「新郎様をお呼びしますね」

「お願いします」

大輝さん、どんな反応をするかな。

ドキドキと胸を高鳴らせながら、到着を待つ。

少ししてドアが開き、グレーのタキシード姿の彼が顔を出した。スタッフさんは気を利かせてくれたのか、すぐに部屋を出て行った。

部屋には大輝さんとふたりきり。目線が合うと、自然と笑みが零れる。

すでに彼のタキシードはこれに決まっていて、先ほど着ている姿を見たけれど、何度見てもカッコいい。大人の色気がだだ漏れでうっとりしてしまう。

「ドレス、どうかな？」

「とっても綺麗だ。このデザインが小春に一番、似合ってると思う」

「私もこのドレスが一番しっくりきたの。背中の部分とか、本当に細部まで作り込まれていて素敵だなって」

大輝さんが共感してくれたのがうれしくて、つい饒舌になってしまう。

「お気に入りのドレスが見つかって、よかったね」

口元に笑みを纏わせた大輝さんが、私のもとに歩み寄ってくる。そのまま腰に手を回してきて、額を合わせてきた。

「こ、この状態で、プランナーさんが入ってきたらどうするの？」

「気を遣ってふたりきりにしてくれたんだから、入ってくることはないと思うけど」

大輝さんに焦る様子はまったくなくて、さらに私の体を自分の方に引き寄せた。鼻を掠める爽やかな香りに、トクトクと心音が高鳴っていく。

「こんなに綺麗な小春を目の前にして、感情を抑えろという方が無理だよ」

おでこを離すと、情熱的な視線が降ってきた。

「このままここで、小春を食べてしまいたい」

細く長い指先がドレスの上からお尻をなぞる。

冗談だとは思うけれど、大輝さんのことだからやりかねない気もする。

「絶対にダメだからね」

彼の腕を取り、すかさず止めに入る。

まったく油断も隙もあったものじゃないと頬を膨らませていると、彼がクスクスと笑いながら、私の頬に手を伸ばしてきた。

「怒った顔もすごくかわいいな。小春の前では、俺ってどうしようもなく変態かも。でも、これ以上、小春を困らせたくないから、今はこれで我慢しとく」

次の瞬間、綺麗な顔が間近に迫り、そっと互いの唇が重なった。

「お料理の内容、テーブルコーデ、ドレスとタキシードまで決まりましたので、あとは、ブーケと会場装飾のお打ち合わせですね。ちょうど今、星宮様がご希望しているフラワーアーティストがブーケの納品に来ているのですが、会ってみますか？　打ち合わせ自体は、次回以降となりますが……」

プランナーさんの問いに、自然と心が弾む。

「はい。お願いします！　ぜひお会いしたいです」

即答し、頬を緩ませた。

前回の打ち合わせのときに、過去のブーケ作品が載った作品集を見せてもらった。その中で気になるものをいくつかピックアップしたら、すべて同じ方の作品で、できればその方にお願いしたいと、要望を出したのだ。

「それではお呼びしますので、少々お待ちくださいませ」

プランナーさんが席を立ち、部屋から出て行った。

「小春の中で、ブーケのイメージはこれがいいとかあるの？」

大輝さんが紅茶のティーカップを手に取り、口に運びながら問いかけてくる。

「あるよ。パステルピンクとイエローのバラに、ブルースターの小花が散りばめられた感じがいい。前回見せてもらった作品集のブーケがすごく素敵だったから、その人に今日、会えるのがすごくうれしい」

「そっか。きっと素敵なブーケになること間違いなしだね」

「うん。どんな方かな？　ドキドキしちゃう」

まだかまだかと、ドアの方を気にしながら到着を待つ。

この結婚式場ではシェフやパティシエ、フラワーアレンジメントアーティストなど、外部のお店と連携し、多様な選択ができるようになっている。ちなみに私たちも式の引き出物のお菓子と当日の料理のデザートを、皐月さんとリュークにお願いしている。

しばらく大輝さんと談笑していたら、ノック音が部屋に響いた。意識がそちらに流れる。

「はい」

「失礼いたします」

大輝さんが返事をすると、ひとりの人物が打ち合わせ室に入ってきた。

スレンダーで色白で、たれ目の優しい目元が印象的な五十代くらいの女性だ。

「初めまして。私、アンジェ・ブリエの伊崎香《いさきかおり》と申します。この度は……」

やわらかな笑みを浮かべていた彼女が、一瞬、押し黙ってしまった。これはどうしたものかと見つめる。

伊崎さんの視線の先にあるのは、大輝さんの姿だ。

大輝さんも一瞬だけ表情を強張らせたように見えたが、私の視線に気づいたのか、すぐにいつものように穏やかな笑みを浮かべ直した。

「どうかしたの?」

不穏な空気を感じ取り、大輝さんにそう問いかけた。

「ううん。なんでもないよ。初めまして、伊崎さん。本日はお忙しい中お時間をいただきありがとうございます」

「……いえ。こちらこそ。当店のブーケにご興味を持っていただけて、大変うれしく思います」

ふたりの間に感じた違和感は、気のせいだったのかな。

その後のふたりのやり取りはごく自然で、そんな風に思い始めていた。

「伊崎さんが過去に作られたブーケを見て、本当に素敵だと思って。ぜひお願いできればと思います。次回の打ち合わせを楽しみにしてます」

「そう言っていただけて光栄です。それでは次回、よろしくお願いいたします」

伊崎さんは最後にそう言って、部屋を出て行った。

それから私たちも、担当のプランナーさんと次の打ち合わせ日を決めてから、駐車場に向かい始めた。

「伊崎さん、素敵な方だったね」

「……」

「話、聞いてる？」

「え？　あ、ごめん。なんか言った？」

大輝さんはなにやら考え込んでいるようで、うわの空といった感じだ。

こういう彼は、珍しい。

「伊崎さん素敵な方だったねって言ったの。次回の打ち合わせ、すごく楽しみだよ」

「……そっか。それはよかった」

彼がふわりと笑い、私の手を取って歩き出した。

＊＊＊

こんな偶然があるのだろうか。

打ち合わせを終え、車に戻る俺の心は落ち着くことを知らない。

〝彼女〟の表情が頭から離れず、胸の疼きは大きくなるばかりだ。

小春はなにも知らないし、気づいてもいないだろう。

うれしそうにはしゃいでいた小春の思いを汲めば、このまま素知らぬ顔をして、事を進めるべきなのは分かっている。

でも……。

「打ち合わせ室に万年筆を忘れてきたみたいだ。取ってくるから、先に車に戻ってて」

「え？　あ、うん。分かった。待ってるね」

俺には、それができそうにない。

ごめん、小春。

何度も心の中で懺悔の言葉をつぶやきながら、ひとり店の方へと歩き出した。

動くならば、今しかない。

そう思ったからだ。

心音がなかなか収まらないところを見ると、珍しく緊張しているらしい。

ふーっと息を吐き、店の表口に向かおうとしたそのときだった。

裏手の従業員入り口にひとりの人物が見え、心臓が跳ね上がった。

……伊崎さんだ。

彼女に伝えたいことがあり、勢いでここまで戻ってきてしまったが、足が進まない。

そのうちに、彼女が従業員用の駐車場に向かっていくのが見え、慌ててあとを追った。

「伊崎さん！」

気づけば、車に乗り込む寸前の彼女に声をかけていた。

振り返った伊崎さんは、ハッとしたような表情を浮かべ俺を見つめる。

「まさかこんな形であなたと再会するとは、夢にも思わなかったです」

「……やっぱり気づいていたのね」

彼女が申し訳なさそうに、視線を下に落とす。

俺は今、どんな顔をしているだろう。

いろんな感情が駆け巡り、とてもじゃないが平静を装えそうにない。

どこか重苦しい風が、俺たちの間を通り過ぎていった。

あの日のことを忘れたことなど、一度もない。

伊崎香は……。

俺を置いて出て行った、実母だ。

＊＊＊

忘れ物を取りに行ったまま、大輝さんは一向に車に戻ってこない。

なにかあったのかな？

妙な胸騒ぎを感じ、様子を見に行くことにした。

「……本当に自分勝手な母親でごめんなさい」

お店に向かう途中、女性の声が聞こえてきた。

白いワンボックスカーの前にいたのは、切なげな表情を浮かべる伊崎さんと、悲しげに顔を歪める大輝さんの姿だった。

「謝られても、あなたが俺を置いて出て行った事実は変わらない」

「……そうよね。許されないのは分かってる。でも、ずっと謝りたかったの」

嘘、でしょう？

まさか、それって……。

さっき感じたふたりの違和感の意味が、痛いくらいに分かってしまった。

ハッとして、とっさに車の陰に身を潜める。

こんな巡り合わせがあるなんて。

運命というものは、なんて残酷なのだろう。

……伊崎さんが、大輝さんの母親だったなんて……。

思わず天を仰いだ。

「彼女を待たせているので、要件だけ手短に伝えますね。申し訳ないが、あなたには俺の結婚式に関わってほしくない。だから、そちらからそれとなくブーケの件について断りをいれてほしいです。それを言いたくて、戻ってきたんです」

淡々と用件を伝える彼の声が、耳に届く。

「……分かりました。今日中にお断りの電話をいれます。母親らしいことをなにひとつしてやれなくて、本当にごめんなさい」

ふたりを見ていて、胸が締め付けられる思いだ。

「そうしていただけると助かります。それでは失礼します」

大輝さんが軽く頭を下げ、彼女に背を向けて歩き出すのが見えた。

本当はこんなことを望んでいないんじゃないの?

そう思わずにはいられないほど、歩き出した彼の顔には、哀艶《あいえん》が色濃く滲んでいた。

翌日、プランナーさんを通じて、ブーケの件で電話があった。伊崎さんは大輝さんに言われたとおり、断りをいれたようだ。彼の気持ちを考えたら、こればかりは私の思いを押し付けられない。

でも、大輝さんの中で伊崎さんに対して恨みの感情しかないのなら、あんな悲しい顔をしないのではないだろうか。少なからず、彼の中にも、伊崎さんに対する愛情があるのでは……。

「キスの最中なのに、なんか心ここにあらずって感じだね。なにか考え事?」

「え？　そんなことはないよ」

とっさに首を横に振る。

「そう？　今から小春の余裕がなくなるくらいに、頭の中を俺でいっぱいにしてあげるから覚悟して」

大輝さんが口元にわずかな笑みを湛える。そして、私の体を優しくベッドに倒しながら唇を塞いだ。ここ最近、ずっとこんな風に求められている。

きっと大輝さんの中で、不安を埋めようと必死なのだと思う。

「小春……」

私の存在を確認するように、何度も私の名を呼ぶ彼。それに応えるように、重ねられた掌にギュッと力を込める。

いつものように優しく愛撫され続けたら、次第に体が熱を帯びていき、自然と甘い吐息が漏れた。

「あっ……そこ、……んんっ」

ビクンと大きく体を震わせる。彼が足の間に埋めていた顔を上げ、私を抱きしめてきた。

「小春、愛してる」

「私も愛してるよ」

「ずっと俺のそばにいて」

耳たぶを甘噛みしながら、彼が囁く。

「うん。おじいちゃん、おばあちゃんになってもずっとそばにいる」

強く頷いてみせた。

すると、彼が安心したように口元を弓なりにし、緩やかな律動を刻み始めた。


ふと目を開けた。

ゆっくりと辺りを見回す。すると、寝室の部屋のベッドの上でひとり寝ている状態だった。どうやら肌を重ねているうちに、意識を飛ばしてしまったらしい。

隣に大輝さんの姿がないのに気づき、体を起こした。上着を羽織り、灯りが漏れている半個室の書斎へと足を進めていく。

「大輝さん？」

声をかけたら、彼がハッとしたような表情を浮かべた。そして、慌てたように手に持っていた手帳を机の引き出しにしまったのが見えた。

どうしてこんなにも、慌てているのだろう。

首を傾げながら彼を見つめる。

「起こしちゃってごめんね」

「なにしてたの？」

「ん？　明日以降の仕事の日程を確認していたんだ。そろそろ寝ようと思ってたところ。喉が渇いたから、キッチンに行ってくる。小春もなにか飲む？」

「私はいいや。先に寝てるね」

「うん。そうしてて」

私の頭を撫でてから、彼はひとり部屋を出て行った。

足音が遠ざかったのを確認してから、書斎のデスクに近づく。

さっき、なぜあそこまで大輝さんが慌てていたのか。その理由が知りたい。

罪悪感を抱きながら、そっと引き出しを開ける。

ごめんなさい。今回だけ、許してください。

そうつぶやきながら、そっと手帳に手を伸ばした。

＊　＊　＊

「ここのお店のハンバーグカレー、絶品なんだよ。一度、一緒に来てみたかったの。ダイエット中だけど、たまにはチートデイも必要でしょ。ちなみに気兼ねなく話せるように、個室を予約しておきました」

今日は互いに仕事が休みなので、仙台駅近くにある小春お勧めのカフェでランチを食べることになった。

今日の小春は、朝からテンションが高い。

ブーケの件で、彼女には残念な思いをさせてしまったので、いまだに罪悪感がある。その埋め合わせは、必ず違う形でしようと思っている。

目の前に見えるのは、パステルグレーの瓦屋根に水色の外壁が目を引くカリフォルニアスタイルのおしゃれなお店だ。小春は、よく楓花ちゃんたちとここに来るらしい。

「かわいらしいお店だね」

「でしょ。部屋の中も、かわいい雑貨がたくさん飾られてるんだよ」

中に入ると、店員さんによって個室の前に案内された。

「小春、どうかしたの?」

だけど、小春は突っ立ったまま部屋の中に入ろうとしない。これはどうしたものかと首を傾げながら見つめる。

「大輝さんとここで一緒にハンバーグカレーを食べるのは、次回の楽しみにとっておこうと思って」

彼女が穏やかな笑みを口に浮かべながら、見上げてくる。

「え？　今日はなにも食べないで帰るの？」

睫毛を瞬かせながら見つめていたら、小春が笑みをさらに深くし、俺の手を握ってきた。

「実は、伊崎さんと大輝さんのやり取りをあの日、盗み聞きしてしまいました。それから……手帳を黙って見てしまいました。ごめんなさい」

まさかの小春のカミングアウト。

思わず目を見張る。

つまり小春は、俺の実母が伊崎さんだと分かっていて、今までなにも言わずにいたということになる。

「どうすべきか、あれから私なりに考えたの。でも、手帳に挟んであったあの写真を見て……」

「あ、あれは違うんだ」

とっさに小春の言葉を遮ったのは、きっと心の奥底にあったその感情に触れられるのが怖かったから。

「確かに、伊崎さんを許せない気持ちがあったのかもしれない。でも、その一方で、ずっと気にかけていたんでしょう？　だから、一緒に写ったあの写真を大切に持っていたんだよね」

心臓がこんなにもどよめいたのは、きっと図星だったからだ。

あの人に再会したとき、自分がしたことを後悔するように罵声を浴びさせてやろうと思った。でも、顔を見たらそれができなかった。

ずっと抱えてきた憎しみよりも、再会できたうれしさの方が勝ってしまっていたのだ。でも、いろんな葛藤があって、それをおいそれと認められなかった。

「私ね、大輝さんがいてくれたから、過去を乗り越えられたの。だから、今度は私が支える番。好きな人には心から笑っていてほしい。それが私の願いなんだよ」

「小春……」

視界が滲んでいく。思わず天を仰ぎ、静かに息を吐いた。

「ちゃんと伊崎さんと腹を割って話してきて。部屋の中で彼女が待ってる。お義父さんとお母さんにも、ちゃんと了承を得ているから。なにも遠慮はいらないよ」

そんなところまで配慮済みとは、いつも気配りを忘れない小春らしい。

俺の手を握ってくれる小さな手にギュッと力を込めて、『ありがとう』と震える声でつぶやいた。

いつの間にか頬を伝い出した涙を、彼女が優しく拭ってくれながら微笑む。

「大輝さんは、ひとりじゃないからね。私がずっとそばにいる。だから安心して、いつでも甘えていいんだよ。全部、曝け出していいの。私たち、もうじき夫婦になるんだよ？　夫婦ってお互いに支え合う、そういうものでしょう？」

「……そうだね。小春の言うとおりだ。ちゃんと話をしてくるよ」

「うん。いってらっしゃい」

俺の方が十も年上だっていうのに、大人になりきれてなくて意地を張ってばかり。いつも彼女に、大切なことを教えてもらっている。

やっぱりいつになっても、小春には敵わないな。

あんなに小さかった小春が今はすごく頼もしく見え、心が一段と穏やかになっていく。

小春と出会えて本当によかった。

こみ上げてくる愛おしさを抑えきれなくなり、彼女を胸元へと引き寄せた。

祝福の空に誓う永遠

郊外の閑静な森の中にある小さな教会。ここで今日、俺と小春は永遠の愛を誓い合う。

新郎控室の窓から見える真っ青な空。その空のように、俺の心も実に穏やかで一点の曇りもないのは、小春があの場を設けてくれたからだろう。

実母とあの日、話をした。彼女は俺を置いて出て行ったあと、しばらく精神科に入院していたらしい。母からは詳しい経緯を聞かなかったが、あのあと、実家で父がすべて話してくれた。

もともと祖父の反対を押し切った形で父と母は結婚したらしく、結婚後、祖父との関係は悪化したようだ。

祖父から母への当たりは強く、それが彼女の心を蝕んでいったそうだ。仕事で忙しくしていた父にほぼ頼れず、ひとりで育児と家のことを完璧にこなさなければいけなくて、母は育児ノイローゼになってしまったらしい。

ある日、言うことを聞かない俺を激しく叱り、手をかけそうになったそうだ。その一件で、彼女は自分自身が怖くなり、俺と距離を置く形を選んだようだった。

それでも、離婚したあとも、父の許可を取り、こっそり俺のバイオリンの発表会を観に来たり、父から俺の写真を送ってもらったりしていたらしい。

それとともに、母は社会復帰してから、毎年俺の誕生日に、自分がアレンジメントした花と、働いて貯めたお金を父に送り続けていたことも聞いた。それは俺が二十歳を迎えるまで、ずっと続いたそうだ。

毎年、誕生日に父が俺に花を用意してくれているのだと思っていたが、こういうことだったのかと納得した。考えてみたら、あんなキザな贈り物を父がするわけがない。

父は母から送られてきたお金をいつか俺に渡そうと、ずっと銀行に預けていたそうだ。これらのことは義母さんも知っていて、すべて容認してくれていたみたいだ。

母なりに俺を愛してくれていたのが分かったので、今は彼女に対するわだかまりも消えつつある。

だから、今日、すべてを受け入れたうえで永遠の愛を誓いたいと思っている。

「……この度はお招きいただき、ありがとうございます」

「母さん、そういう堅苦しい挨拶はなしだよ。今日は来てくれてありがとう。小春もすごく喜んでたよ。素敵なブーケをありがとう」

緊張気味に新郎控室に顔を出した母だったが、それを聞いてうれしそうに表情を緩ませたのが分かる。

そう、俺は、実母を結婚式に呼んだのだ。これは父さんと義母さん、そして、小春の理解があって実現したことだ。

「なんで母さん、泣きそうなの？」

母の目には、じんわりと涙が浮かぶ。

「大輝が私の前で笑ってくれることなんて、一生ないものだと思っていたから。小春さんには、感謝してもしきれないわ。優しくて、陽だまりみたいに温かくて。素晴らしい女性ね」

「だろう？　俺にはもったいないくらい素敵な人なんだ」

「ベタ惚れなのね」

母が口元にうっすらと笑みを浮かべながら、ハンカチで涙を拭う。

「ああ。俺、今、すごく幸せだよ。だから、母さんも、もう過去に囚われることなく、自分の人生を楽しんでほしい」

「……大輝」

それは彼女にとって、予想外の言葉だったのだろう。

母は申し訳ないと言わんばかりに瞳を揺らす。

そんな彼女の手を取り、微笑みながら真っ直ぐに見つめた。

「母さんに素敵な人ができたら、息子である俺を紹介してよ。俺も子供ができたら、母さんに見せに行くから」

この言葉は、嘘じゃない。

今は、心から母の幸せを願ってる。

「……ありがとう。とってもうれしいわ」

真っ赤な瞳から、大粒の涙が零れ落ちていった。

母が俺を生んでくれたから、小春と出会えた。そして、愛し愛され、本当の優しさを知れたのだ。

肩を震わせ泣く母を、そっと胸に引き寄せる。

あの頃はあんなにも大きく感じたのに。母の背中は、こんなにも小さいものだったのか。

急に熱いものがこみ上げてきて、じわりと視界が滲んだ。

母さん、これからはもうひとりで頑張らなくていいよ。

ここまでくるのにかなり時間がかかってしまったけれど、今なら胸の奥にしまい込んでいた、この思いを言える。

「……母さん、俺を生んでくれてありがとう」

「楓花ちゃんたちと話せた？」

「うん。ふたりから結婚祝いをもらっちゃった。食器セットだって」

母が控室を去ってから新婦控室に顔を出すと、そこには世界一美しい花嫁がいた。

胸のときめきは増すばかりだ。

お気に入りのウエディングドレスを着て、母が作ったブーケと友人たちにもらったプレゼントをうれしそうに眺める小春を見ていたら、こちらまで口元が緩む。

こんな晴れやかな気持ちでこの日を迎えられたのを、本当に幸せに思う。

「小春、いろいろありがとう」

「私はなにもしてないよ。逃げないで頑張ったのは、大輝さん自身でしょ。えらい、えらい」

小春が俺の頭を優しく撫でながら微笑む。

彼女は、いつの間にかものすごく頼もしくなった。

「ねぇ、小春」

「なぁに？」

小春の手を取り、大きな瞳を見つめる。

「生涯をかけて、小春を幸せにするよ」

「いきなりどうしたの？　そういうのって、今から始まる式の中で誓うものでは？」

小春がクスッと笑いながら、見上げてくる。

「式だけでは、俺の中にあるこれだけの思いを小春に伝える時間が取れそうにないから。それとも、俺の気が済むまで、みんなの前で小春にありったけの愛を叫んでもいい？　俺の中では、それも全然ありなんだけどね」

小春が頬を桜色に染める。そして、ゆっくりと口を開いた。

「それは恥ずかしいから、遠慮しとく。今、私にだけこっそり聞かせてくれる？」

「俺の愛は重いから、覚悟して聞いて」

「ふふっ。重いって自覚があるんだね。でも、そこまで愛されてる私は、世界一の幸せ者かもしれない」

小春が太陽みたいな笑顔を見せながら、俺の腰に手を回してくる。

俺が守りたいのは、この笑顔なのだ。

彼女の頬に手を置くと、自然と唇が重なり合った。触れ合った唇から伝わる幸福を噛みしめながら、この先、どんな困難があっても愛する彼女を守り抜くと固く心に誓う。

夫婦としてふたりで歩む未来は、きっと明るい。

そう信じて、これからも互いの手を取り合い、彼方に広がる色鮮やかな道を共に歩いていく。

END

あとがき

こんにちは。結城《ゆうき》ひなたです。この度は『義兄妹ですが結婚します～一途な恋情を抑えきれない凄腕救急医は、求愛の手を緩めない～』をお手に取ってくださりありがとうございました。

今作は家族の絆や愛をテーマに書いた作品になります。小春と大輝の成長を親のように見守りながら、そして、大輝の溺愛っぷりに心をときめかせながら、最後まで楽しく書き上げることができました。きっと小春は、世界一、重くて真っ直ぐな大輝の愛に包まれて、幸せに暮らしていくのだろうなと思っております。

編集作業中、私もたくさんキュンキュンしたので、きっと肌年齢がマイナス五歳くらい若返ったはず……。（そうだと信じたい）

また今作は大好きな杜《もり》の都《みやこ》・仙台を舞台に描くことができ、うれしく思います。

そして、カバーイラストを手掛けてくださった小島《こじま》きいち先生、お忙しい中お引き受けくださりありがとうございました。私の頭の中にあるイメージそのままの、温かく、春の陽だまりのように優しいふたりの姿を描いてくださり心から感謝申し上げます。ふたりの幸せそうな顔を見る度に、私自身も幸せのお裾分けをもらっている気分になります。本当にありがとうございました。

また出版するにあたりまして、携わってくださったマーマレード文庫編集部の皆様、担当者様、この本に携わってくださったすべての皆様にも心から感謝申し上げます。

なによりこの本をお手に取ってくださった方に最大級の感謝を。この本が皆様のときめきや癒しの時間となれたら幸いです。

それではまたいつかどこかでお会いできるのを楽しみにしております。

結城ひなた

marmaladebunko

「夫婦になった証が欲しい」パイロットになった彼に再会したら、即結婚!?

ISBN978-4-596-77776-8

孤高の俺様パイロットは、取り戻した契約妻への六年越しの激愛を隠さない
結城ひなた

突如、両親を事故で失った結衣。家の借金も発覚し、途方に暮れる彼女の前に現れたのは、副操縦士になった元カレ・陽翔だった。結婚を急いでいるという彼の提案で、期間限定の夫婦になった結衣だが、待っていたのは、昔よりも溺愛を隠さない彼との新婚生活で!?　「俺の妻は、世界一かわいい」——契約関係なのに、離れがたいほど陽翔に甘く揺さぶられていき…！

甘くてほろ苦い。キュンとする恋♥　マーマレード文庫　定価 本体650円 + 税

ファンレターの宛先

マーマレード文庫をお買い上げいただきありがとうございます。
この作品を読んでのご意見・ご感想をお聞かせください。

宛先　〒100-0004　東京都千代田区大手町 1-5-1 大手町ファーストスクエア イーストタワー 19 階
株式会社ハーパーコリンズ･ジャパン　マーマレード文庫編集部
結城ひなた先生

マーマレード文庫特製壁紙プレゼント!

読者アンケートにお答えいただいた方全員に、表紙イラストの
特製 PC 用・スマートフォン用壁紙をプレゼントします。

詳細はマーマレード文庫サイトをご覧ください!!
公式サイト
@marmaladebunko
SNSもチェック!

原・稿・大・募・集

マーマレード文庫では
大人の女性のための恋愛小説を募集しております。

優秀な作品は当社より文庫として刊行いたします。
また、将来性のある方には編集者が担当につき、個別に指導いたします。

募集作品
男女の恋愛が描かれたオリジナルロマンス小説(二次創作は不可)。
商業未発表であれば、同人誌・Web 上で発表済みの作品でも応募可能です。

応募資格
年齢性別プロアマ問いません。

応募要項
- パソコンもしくはワープロ機器を使用した原稿に限ります。
- 原稿はA4判の用紙を横にして、縦書きで40字×32行で130枚〜150枚。
- 用紙の1枚目に以下の項目を記入してください。
  ①作品名(ふりがな)/②作家名(ふりがな)/③本名(ふりがな)
  ④年齢職業/⑤連絡先(郵便番号・住所・電話番号)/⑥メールアドレス/⑦略歴(他紙応募歴等)/⑧サイトURL(なければ省略)
- 用紙の2枚目に800字程度のあらすじを付けてください。
- プリントアウトした作品原稿には必ず通し番号を入れ、右上をクリップなどで綴じてください。
- 商業誌経験のある方は見本誌をお送りいただけるとわかりやすいです。

注意事項
- お送りいただいた原稿は返却いたしません。あらかじめご了承ください。
- 応募方法は必ず印刷されたものをお送りください。
  CD-Rなどのデータのみの応募はお断りいたします。
- 採用された方のみ担当者よりご連絡いたします。選考経過・審査結果についてのお問い合わせには応じられませんのでご了承ください。

m a r m a l a d e b u n k

応募先
〒100-0004 東京都千代田区大手町1-5-1 大手町ファーストスクエア イーストタワー19
株式会社ハーパーコリンズ・ジャパン「マーマレード文庫作品募集」

ご質問はこちらまで E-Mail / marmalade_label@harpercollins.co

marmalade bunko
マーマレード文庫

義兄妹ですが結婚します
～一途な恋情を抑えきれない凄腕救急医は、求愛の手を緩めない～

2025年1月15日　第1刷発行　定価はカバーに表示してあります

著者　結城ひなた　©HINATA YUKI 2025
編集　O2O Book Biz株式会社
発行人　鈴木幸辰
発行所　株式会社ハーパーコリンズ・ジャパン
東京都千代田区大手町1-5-1
電話　04-2951-2000（注文）
0570-008091（読者サービス係）
印刷・製本　中央精版印刷株式会社

Printed in Japan ©K.K. HarperCollins Japan 2025
ISBN-978-4-596-72217-1

a r m a l a d e b u n k o